Jean Mercier

IL SIGNOR PARROCO HA DATO DI MATTO

SAN PAOLO

Seconda edizione 2017

Titolo originale dell'opera: *Monsieur le curé fait sa crise*

ISBN 978-2-36969-037-5

Traduzione di Carlo Travaglino

Realizzazione editoriale: studio pym / Milano

Piazza Soncino, 5 - 20092 Cinisello Balsamo (Milano)
www.edizionisanpaolo.it
Distribuzione: Diffusione San Paolo s.r.l.
Piazza Soncino, 5 - 20092 Cinisello Balsamo (Milano)

ISBN 978-88-922-1144-5

A Chantal.

Con riconoscenza
per il mio confessore,
che mi ha iniziato alla fiducia.

In ricordo di Dominique Zerwetz,
che non ha saputo dire la sua sofferenza.

Con gratitudine per Edmond Prochain,
che mi ha dato coraggio lungo la strada.

1

Lacrime e sangue

«È troppo, adesso basta!». Le parole son venute fuori in un gridolino strozzato. Don Beniamino Bucquoy alza gli occhi dalla Bibbia. Di fronte a lui, il volto di Brigitte Charbonnier scoppia in un pianto dirotto. Lui sa già di che cosa si tratta. «Signor curato, non si può più andare avanti così. Guillemette mi ha combinato un'altra porcheria. Pensi che ha portato via un mazzo di rose che avevo messo da parte per la Madonna! Lo ha adoperato per santa Teresa! Non ce la faccio più. Basta! Do le dimissioni». Brigitte sprofonda sulla sedia, singhiozzando e tirando su col naso.

La settimana prima, Guillemette de la Fausse Repose[1] si trovava lì, nella medesima posa, anche se molto più controllata nei pianti e nelle lamentele, per il fatto che Brigitte – impegnata con lei nella sistemazione dei fiori in chiesa per la festa patronale – non si era fatta viva. Guillemette aveva dovuto fare tutto da sola, all'ultimo

[1] In italiano il cognome, ironico, suonerebbe: Dalla Falsa Flemma (*NdE*).

momento, con uno sforzo immane. Due settimane prima, però, era toccato a Brigitte lamentarsi per un vaso di porcellana che Guillemette aveva portato via per farne un bouquet. O qualcosa del genere...

Brigitte e Guillemette fanno parte entrambe del gruppo che si occupa dei fiori della chiesa.

Ma la piccola guerra che si fanno non ha niente a che vedere né con i fiori, né con i vasi, né con la Madonna o santa Teresa... Già dall'inizio, Brigitte ha sviluppato nei confronti di Guillemette una relazione tanto tossica quanto complessa, perché Guillemette rappresenta tutto quello che Brigitte vorrebbe essere... e, nel contempo, tutto ciò che gliela rende estremamente insopportabile.

Guillemette è bella, molto bella; cosa che... non verrebbe spontaneo dire a proposito di Brigitte. Suo marito, il brillante Thibauld, è dirigente di banca. Vuol bene a sua moglie. Lo si vede, durante la messa, dal modo con cui la guarda, con attenzione, al momento del segno della pace, solo per qualche istante...

Hanno sei figli. Tre maschi: Aymeric, Vianney e Théophane. E tre femmine: Maylis, Ludovine e Alix. La loro famiglia è un rimprovero vivente per Brigitte, che, invece, non ha avuto figli. Con suo marito, Gérard, hanno adottato Olivier quando era ancora molto piccolo. Olivier non combina niente a scuola, fuma canne da quando aveva tredici anni ed è stato bocciato due volte... Non ha mai voluto fare il chierichetto né entrare negli scout, come il figlio di Guillemette e Thibauld, e non va più a messa da anni, proprio come suo padre, Gérard, un vero miscredente al contrario di Thibauld, che è – lo vedono tutti – un pilastro della parrocchia.

Il loro disagio è venuto a galla fin dalla prima conversazione avuta nel gruppetto delle signore incaricate dei fiori.

Quel giorno, Brigitte, dato che era lì per la prima volta, ha dovuto sottostare al rituale delle presentazioni. «Quanti figli ha?», ha chiesto Guillemette con tono disinvolto. «Uno solo, un maschio» ha balbettato Brigitte. Lo sguardo di Guillemette è rimasto fisso mentre, piegando leggermente la testa da una parte, diceva: «Ho capito». Un «ho capito» che significava: «Mia cara, hai esagerato nel prendere la pillola; avresti anche potuto fare uno sforzo...». E a Brigitte è parso giusto aggiungere, come pescata in fallo: «... abbiamo adottato nostro figlio quando era ancora bambino». Questa confessione aveva sollevato un'ondata di mormorii di ammirazione e di sorrisi convenzionali, che avevano però finito col mettere Brigitte in imbarazzo. Imprecava dentro di sé, per aver messo in piazza la sua vita privata davanti a gente che non conosceva, fra due fasci di gladioli. Ce l'aveva naturalmente soprattutto con Guillemette che, con il suo sguardo di traverso, sembrava l'avesse classificata nella categoria delle ragazze egoiste, con un figlio solo, per portarla poi, un istante dopo, al settimo cielo, come se fosse Madre Teresa. D'altronde, se avesse saputo... Brigitte aveva cercato di adottare perché crepava dalla voglia di essere mamma, non certo per fare una buona azione...

Anche se Brigitte non vuole ancora riconoscerla con lucidità, la situazione, in realtà, è chiara: lei è semplicemente gelosa di Guillemette. Tanto più che a questa madre di famiglia quasi perfetta tutto sembra riuscire. Brava cuoca, sarta eccellente, sorprendente giardiniera, l'infaticabile Guillemette è capace di dipingere e di eseguire anche piccoli lavori manuali. Suona il piano benissimo, tiene in ordine i suoi album di fotografie e cita a memoria Giovanni Paolo II. È talmente perfetta che perfino don Beniamino la deride, anche se solo dentro di sé. Quante volte si è trattenuto dal provocarla (si sarebbe preso anche la libertà di dare del tu, cosa che, in generale, riserva ai chierichetti): «Dai, scoreggia Guillemette! Sì, scoreggia! Un bel peto, così ci rilassiamo tutti!».

Il parroco non è del tutto estraneo a questa schermaglia fra signore. Poco più di un anno fa Guillemette, cui non si può negare talento nel suo prendersi cura dei fiori, era venuta a chiedergli un sostegno per agevolare il suo lavoro. Il parroco aveva pensato allora a Brigitte, che era appena arrivata in parrocchia, e cercava di rendersi utile. Certamente aveva meno doti di Guillemette, ma avrebbe potuto avvalersi della sua esperienza. Purtroppo il tandem ideale aveva funzionato come la pariglia di uno struzzo con un cavallo da tiro.

E quella mattina, quale altra parola dolce poteva ancora trovare il parroco da dire a Brigitte, che si soffiava convulsamente il naso dentro un fazzolettino ridotto a una filaccia? Ci sarebbe voluta una buona terapia. Ma come dire a Brigitte che avrebbe fatto meglio a farsi curare? Il parroco era tanto meno abilitato a dare questo consiglio, quanto più si sentiva colpevole per aver lasciato degenerare la situazione. Non solo aveva creato lui stesso il tandem infernale, ma aveva anche versato olio sul fuoco.

La settimana precedente, infatti, durante il suo ultimo scoppio di lacrime, Brigitte si era lasciata scappare, tra due singhiozzi, una frase assassina: «A ogni modo, signor parroco, lei preferisce Guillemette, lo so bene. L'ho sentita, domenica scorsa, proprio prima della messa. Le ha detto: "È molto fine, questo tocco di rosso nel suo lavoro; ricorda il sangue versato di Cristo". Ah, certo! A me queste cose non me le dice mai!».

Il parroco era arrossito senza trovare niente da rispondere.

Non avrebbe mai pensato che si potesse venire a conoscenza della sua preferenza per i bouquet di Guillemette.

Il dramma era tutto lì: Brigitte decorava; Guillemette faceva teologia.

Non fosse stato parroco, Beniamino avrebbe messo fine volentieri a questa tragedia di lacrime e sangue, dando a colei che piagnucolava un bel calcio nel sedere – per usare un eufemismo. Ma ora non ha voglia di schierarsi da una parte o dall'altra. Sa bene che, domani, Guillemette verrà a sua volta per recitargli il suo breviario di lagnanze: lei non riesce più a sopportare Brigitte, le sue crisi e la sua tendenza a manipolare le cose, tanto che, a ogni discussione, le viene una sciatica.

Così, il parroco si schiarisce la voce e apre il cassetto della scrivania: «Ecco venti euro. Vada subito a prendere un altro mazzo di rose. Ci farà un bouquet altrettanto meraviglioso per la Madonna!».

In fondo in fondo, dentro di sé, per la prima volta, ha però una gran voglia di schiacciarla, come si fa con una mosca d'estate.

2

Una bella sbandata verbale

Il telefono gli vibra in tasca. Beniamino fa appena in tempo a tirarlo fuori dai pantaloni per sbloccarlo: «Ciao, sono Jean-Philippe. Puoi passare a trovarmi questo pomeriggio? Ho qualcosa di cui parlarti...». Beniamino faceva conto di occupare il suo tempo a sistemare due o tre cosette, ma quando il vescovo lo chiama, non si tira mai indietro. D'accordo, passerà a fine giornata. Sarà una cosa breve, ha assicurato monsignor Vignon. Spiccio, come sempre. Ahimè...

Mentre chiude la comunicazione, Beniamino pensa con nostalgia a quell'epoca benedetta in cui non si faceva conto del tempo. Lui e il suo vescovo si vedevano, allora, quasi tutti i giorni, si chiamavano anche per una bazzecola, semplicemente perché avevano piacere di sentirsi. Gli anni lontani in cui lui era giovane vicario nella cattedrale, non ancora oberato dagli impegni pastorali... Quindici anni prima...

Giunto alla sede episcopale in seguito alla scomparsa inaspettata di monsignor Gilbert Fulgent, stroncato da un infarto, Jean-Philippe Vignon aveva subito affascinato Beniamino Bucquoy con la sua intelligenza, il suo charme, la sua visione profonda e acuta delle sfide della Chiesa e, soprattutto, per la fiducia che da subito sembrava aver riposto in lui. Dopo alcuni anni passati come vicario, Beniamino aveva espresso il desiderio di riprendere gli studi: un progetto messo da parte subito dopo la sua ordinazione. Monsignor Vignon gli aveva dato il permesso e l'aveva mandato a Roma per un anno, cui aveva fatto seguito un secondo all'École Biblique di Gerusalemme. Beniamino aspirava allora segretamente a diventare un biblista rinomato.

Oggi è lontano dall'aver realizzato il suo sogno. È riuscito appena, dedicando i pochi spazi liberi a terminare la tesi di dottorato sulla questione della *"forza che si compie nella debolezza"*, un tema ricavato dalla seconda lettera di san Paolo ai Corinzi. Al termine di tale enorme lavoro, per il quale gli era parso di aver sacrificato una buona parte della sua giovinezza, Beniamino aveva avuto la sensazione sgradevole di voltare una pagina, quella dello studio, senza aver mai aperto quella seguente, della trasmissione dei contenuti alle giovani generazioni. Se lo è ricordato con amarezza nel momento in cui ha superato i cinquant'anni, qualche mese prima...

Di fatto, nutre ancora la segreta speranza di essere nominato professore di Sacra Scrittura al seminario diocesano. Alcuni anni prima, monsignor Vignon gli aveva fatto capire che gli sarebbe piaciuto assegnargli quel ruolo, ma la sua tesi, allora, era lontana dall'essere finita. Oggi, il posto è di nuovo vacante.

Nel breve colloquio telefonico col vescovo, un pensiero ha attraversato, dunque, il cervello di Beniamino: e se fosse questo il motivo per cui lo ha convocato? Una decisione del genere lo ricompenserebbe per tutto il lavoro fatto in diocesi, e consacrerebbe finalmente il suo talento di esegeta.

Col tempo, la relazione quasi simbiotica provata con il vescovo si è allentata. E Jean-Philippe è cambiato: suona, ora, uno spartito sempre più complesso, tenuto conto dei saggi equilibri che è costretto a mantenere. Con Roma, ostenta una fedeltà di buona lega, pur conservandosi una certa indipendenza. Con le autorità civili, vuol mostrare tutte le carte in regola, anche se qualche volta gli tocca mostrare anche i denti. Con i preti e i laici, monsignor Vignon è costretto continuamente a salvare capra e cavoli, viste le molte sensibilità politiche, liturgiche e teologiche presenti nel suo gregge. Ma quello che Beniamino fa sempre più fatica a perdonare al suo «capo» è il fatto di essere diventato, a dispetto della sua evidente sensibilità spirituale, un animale politico. E non un santo.

Il parroco si domanda spesso, in effetti, se un uomo di potere possa anche essere un santo.

In preda a questa perplessità, Beniamino entra nello studio del vescovo. Dopo qualche battuta di rito, Jean-Philippe Vignon viene al dunque. Contrariamente al segreto desiderio di Beniamino, la questione non riguarda la sua possibile promozione, ma il suo atteggiamento nei confronti di Evelyne Bossard-Dupin, la responsabile della formazione catechistica della diocesi!

Che tra Beniamino ed Evelyne i rapporti siano pessimi non è un segreto per nessuno. A Evelyne è stato assegnato questo posto chiave in seguito a un recente sinodo diocesano, in cui i laici hanno deplorato il fatto che le leve ecclesiastiche siano quasi esclusivamente in mano al clero e, completamente, in mano a uomini. La Bossard-Dupin è diventata dunque un duplice simbolo dell'accesso ai vertici: non dei laici, ma anche delle donne. E questo è già molto per un solo paio di spalle, per quanto larghe siano.

Evelyne, tuttavia, non è un vaso cinese messo lì per alleviare monsignor Vignon rispetto alle aspettative della base. Lei è la discepola di Maryvonne Pastoubert, la famosa sociologa della settima sezione della Scuola delle scienze umane e sociali applicate. Quest'ultima ha rivoluzionato l'analisi del cattolicesimo contemporaneo con il suo concetto di «disaffigliazione religiosa postmoderna», come nuova definizione del fenomeno della secolarizzazione. Su consiglio di Maryvonne, Evelyne ha studiato il problema dell'abbandono della pratica domenicale nell'Île-de-France dal 1966 al 2000. Dopo il dottorato, ha cambiato orientamento di studio e si è rivolta alla pastorale catechetica, di cui è diventata una specialista di fama internazionale. La pubblicazione della sua tesi dedicata all'"*annuncio della Parola col meto-*

do induttivo" ha scatenato una valanga di lodi. Come coronamento della sua carriera, ha appena ricevuto il Prix Ricœur per l'ermeneutica catechetica, conferitole dall'Istituto superiore di trasmissione kerigmatica, con sede a Lovanio. Una specie di premio Nobel in materia...

Dal canto suo, a cinquant'anni, a Beniamino non piace per nulla che i bambini debbano sottostare ai metodi che lui stesso ha conosciuto negli anni '70: metodi privi di contenuti e di solidità. Figure da colorare e cedimenti al relativismo sono state le mammelle alle quali le simpatiche signore catechiste hanno nutrito tutta una generazione, in reazione all'approccio moralistico che imperversava durante la loro infanzia, vale a dire prima e dopo la Seconda guerra mondiale. Un vero disastro teologico e pedagogico. Ora, i metodi di Evelyne somigliano in modo inquietante a quello che si faceva allora. Tanto peggio per tutti, se nel frattempo sono passati quarant'anni!

Beniamino non sopporta il gergo pseudoscientifico di Evelyne, né la sua pretesa di sapere quello che è «avanguardia progressista». Da parte sua, il parroco invita piuttosto i parrocchiani, anche i più giovani, a impegnarsi nelle pratiche tradizionalmente cattoliche, quali l'adorazione eucaristica: pratiche che ripugnano a Evelyne. Lei dice sospirando: «Una devozione di basso rango», mentre non sopporta quel collare di plastica candida che esce dalla camicia di Beniamino, quasi volesse, lui, mettere bene in vista, con tutti i mezzi, il fatto di essere prete... Lei lo trova incredibilmente arrogante.

E non è l'unica, in diocesi, a essere infastidita dall'alterigia celata a malapena dietro un sorriso tanto enigmatico quanto forzato.

Evelyne, soprattutto, detesta l'opposizione di Beniamino nei confronti della sua autorità. Ritiene di aver fatto studi migliori rispetto a questo sgobbone che ci ha messo dieci anni per finire il dottorato. Non v'è dubbio che lei sia più brillante. Incaricata ufficialmente da monsignor Vignon di rinnovare la strategia pastorale volta a comunicare la fede, ha messo in piedi un Piano triennale di trasmissione catechistica integrata, il PTTCI, sulla base di un rapporto di 174 pagine, che traccia le grandi linee di una pastorale incisiva e decisamente interattiva, fondata su metodi pedagogici d'avanguardia. «Un distributore di gas», ha sentenziato don Beniamino davanti alle sue pecorelle; parole che hanno ferito Evelyne, quando le sono giunte all'orecchio. Poi è andata su tutte le furie, venendo a sapere che, invece di far lavorare i bambini sul percorso A del PTTCI, previsto per l'anno liturgico, il parroco ha deciso di far imparare a memoria ai bambini alcuni passi del vangelo di Marco.

«Imparare a memoria è roba da oscurantisti! Sono costernata». La cosa più curiosa è che Evelyne sa sempre ciò che è bene. Nessuna discussione riesce a scalfire la sua inflessibilità, che fa il paio, peraltro e da tutti i punti di vista, con quella di Beniamino. E quando si scontrano, a Evelyne piace tirar fuori il jolly: «Al contrario di lei, caro parroco, io metto l'Uomo prima del dogma!».

Pronuncia la parola «uomo» con l'enfasi che avrebbe il

magistrato di un Tribunale penale internazionale, in pieno giudizio del mandante di un genocidio spaventoso.

Di recente, la guerra tra questi due caratteri irriducibili si è intensificata. Sicura del suo buon diritto, lei lo ha tempestato di mail, per chiedergli di applicare il piano triennale. Beniamino, come al solito, ha fatto il morto. Lei ha finito col prendere il telefono e, infastidito dal suo tono intimidatorio, il prete ha mollato l'insulto che covava da mesi: «Evelyne, lei è una povera cogliona!», prima di scagliare per terra, dalla rabbia, il cellulare. «Che cogliona, ma che cogliona!», ha poi continuato a urlare, per parecchi minuti, nel corridoio della casa parrocchiale. Il fatto è che Beniamino, come molti parroci, ha un lato caratteriale.

Il telefono, non si sa come, è uscito indenne da questa baruffa.

«Non puoi andare avanti così con lei!». Il tono di Jean-Philippe Vignon è improntato a una gravità che Beniamino non ha mai sentito prima. «Lo capisci, ho già abbastanza problemi da risolvere, non posso anche perdere il mio tempo a gestire i conflitti tra i vostri ego». «Non è questione d'ego», ribatte il prete. «Evelyne ha torto sulla sostanza delle cose. Gestisce la questione della catechesi come farebbe uno squalo. Vuol far entrare tutti nello stesso stampo, in un sistema che, oltre tutto, si sa che è già superato. Il pedagogismo non ha mai permesso alla fede di risplendere. È un approccio d'élite, al quale manca il cuore». Il vescovo rimane in silenzio. Sa che Beniamino ha ragione. «Questa volta, però, hai scavalcato la linea bianca. Tu sei un prete, non puoi insultare la gente in quel modo, soprattutto se si tratta di persone con le quali si ritiene che tu debba lavorare in buon accordo. Devi presentarle le tue scuse».

Beniamino rientrò in canonica, quella sera, col morale a terra. Non sapeva che cosa lo umiliasse di più: se la «rimessa in carreggiata» da parte del suo vescovo o la mancanza della promozione alla quale aveva tutto il diritto di aspirare. Aveva l'impressione che monsignor Vignon lo inquadrasse ormai nella categoria dei parroci di cui disporre a piacimento.

Sarebbe stato capace di rivestire ancora per venti o trent'anni questo ruolo di Cenerentola del sacerdozio, eseguendo alla lettera le consegne dei tecnocrati degli uffici diocesani?

3

Una confusione davvero scoraggiante

Stasera Beniamino ha la testa che gli gira. Alle 23.15 crolla su una poltrona della canonica dopo una riunione del Gruppo di animazione locale, che lo ha distrutto. Non è la prima volta che si addossa quella che lui considera come la faticaccia del mese, equivalente senza alcun dubbio a vari millenni di Purgatorio. Si pensa che il parroco debba coordinare le diverse realtà che dipendono dalla parrocchia di Sainte-Marie-aux-Fleurs, creata nel 2004 dal vescovo precedente.

Si era deciso, allora, di raggruppare sotto la stessa entità pastorale un gran numero di unità parrocchiali: una grande e molte piccole. Di fatto, questo provvedimento non aveva funzionato per niente e lo scopo delle riunioni del Gruppo di animazione consiste ormai semplicemente nel far credere a quelli delle piccole parrocchie che non è vero che non contano niente – «Tutt'altro!» –, ma che sono anzi le «forze vive» dell'intero sistema.

E siccome quelli delle piccole parrocchie sono pieni di complessi nei confronti di quelli della parrocchia grande

– la parrocchia di Saint-Germain-la-Villeneuve –, ecco il motivo per cui occorre una bella energia per far credere che l'ultima ruota del carro sia anche la ruota motrice...

Il sogno di Beniamino è che si abbia il coraggio di dire alla gente la verità: non si celebreranno più le messe nelle parrocchie piccole, ma soltanto in quella grande. D'altra parte, lui si fa forte del fatto che ciò possa rinnovare il desiderio di partecipazione, perché la rotazione delle messe, in effetti, dà sui nervi a tutti. Ogni domenica ci si rompe la testa per sapere dove sarà celebrata l'eucaristia. Beniamino ha provato più volte a chiedere al vescovo di sospendere la rotazione, ma quest'ultimo lo ha dissuaso. Si andrebbe contro l'articolo 4.3 degli Atti sinodali votati solennemente nel giugno 2007! «Ma, Jean-Philippe, è tutto cambiato dal 2007. Quello che si è deciso dieci anni fa non vale più!» ha argomentato Beniamino, per smuovere il suo vescovo. Tutto inutile. Monsignor Vignon ha ribadito in modo secco: «I laici ci tengono alla "loro" messa, nella "loro" chiesa; allora fa' uno sforzo. Fai finta, almeno, che conti qualcosa anche per te».

Per questo motivo, a don Beniamino le riunioni stesse risultano meno snervanti di quella specie di impostura larvata che lo costringe a qualsiasi forma di arzigogolo, ogni volta che deve dire o fare la minima cosa. "Se dico così, Dupond si sentirà offeso. Se dico cosà, Durand si metterà di traverso". Il parroco è di quelli «tutto d'un pezzo». E quello che lo snerva ancora di più sono i rancori repressi, le gelosie mascherate di rispettabilità.

Questa sera, nella riunione del Gruppo, la carità cristiana aveva la stessa puzza di uno scarico di lavandino. Di solito, i duelli si fanno brandendo fioretti coi bottoni sulla punta. Ma l'animosità fra le parrocchie ha preso accenti davvero aggressivi quando si è dovuta designare la persona che avrebbe rappresentato la comunità al grande convegno nazionale di Lourdes sull'evangelizzazione. Armand Delabuche, uno dei pilastri di una parrocchia della periferia, voleva passare al sorteggio, mentre il rappresentante del centro città, Arnaud Chanzy, sosteneva un voto a mano alzata. Delabuche è stato il primo a esplodere: «In ogni caso, voi, voi di Saint-Germain, voi siete quelli che sapete sempre meglio di tutti quello che bisogna fare!». Il dibattito è finito in una schermaglia verbale in cui sono esplosi tutti i rancori covati da mesi.

Sprofondato nella sua poltrona, don Beniamino ripercorre con la mente il film della giornata, in particolare l'ultima prova. È come se il suo corpo avesse assorbito tutta l'energia negativa di quelle tre ore di riunione, e quella lo stesse affogando: un gigantesco muro d'acqua. C'è un senso di smacco colossale, di enorme pasticcio. Nel suo ministero regna un grigiore disarmante: passa le giornate a risolvere problemi amministrativi, a gestire ridicoli contrasti. Cerca di ricordare se mai ci sia stato un momento in cui ha realizzato il sogno per il quale ha scelto di farsi prete: salvare le anime, o, quanto meno, aiutarle ad avvicinarsi sempre di più a Dio. Ma è come cercare un elefante in un tabernacolo. Non ricorda nessuna occasione recente in cui ha avuto modo di dare davvero una mano per far andare avanti il Regno. Non ne può più di questo doversi chinare di fronte a una struttura che collassa, di tentare di mantenere in piedi un edificio pieno di crepe. Sì, bisognerebbe ripensare tutto, a partire da una visione missionaria, decisamente evangelizzatrice. Ma i suoi parrocchiani preferiscono scannarsi per beghe personali, di fiori e di «priorità».

In un ultimo sobbalzo, apre il breviario e biascica la preghiera di compieta, prima di crollare esausto sul letto.

4

Le radici cristiane

È l'una del mattino, ma Enguerrand Guerre[2] è ancora davanti allo schermo del suo computer. Mugugna sotto i baffi, il mento scosso da tic nervosi, le labbra strette: «Questo parrocco dell'accidente riderà di meno, quando vedrà la tempesta che gli sta per cadere addosso!». Sul monitor, fa scorrere la lista di quelli che hanno sottoscritto la petizione che lui stesso ha lanciato contro don Bucquoy. Che cosa rimprovera Enguerrand Guerre al parroco di Sainte-Marie-aux-Fleurs? Semplicemente che costui non presta abbastanza attenzione alla battaglia che è il centro della sua vita.

Da due anni, questo quarantenne si è lanciato nel restauro della cappella di Sainte-Gudule, collocata nella periferia di Saint-Germain-la-Villeneuve. Da un punto di vista architettonico, Sainte-Gudule è un pasticcio indigesto che tenta di combinare insieme gli stili neo-romanico e neo-bizantino. Sorge in mezzo a villette a schiera,

[2] Anche in questo caso, il nome e il cognome sono fortemente significativi: potremmo tradurre in italiano: Guerrino Guerra (*NdE*).

quasi tutte uguali. Il contrasto è altrettanto surrealista quanto lo sarebbe una gondola veneziana incagliata nel porto di New York.

Bisogna avere buona memoria per ricordare che Sainte-Gudule, un tempo, stava al centro del parco acquistato, nel 1891, grazie alla dote di una novizia, dalle Suore molto Ardenti del Santissimo Tabernacolo.

Allora era un luogo disabitato, ai margini di Saint-Germain-la-Villeneuve. Ma, con la pressione urbana, le religiose hanno venduto il loro terreno, pezzo dopo pezzo, e, centoventicinque anni più tardi, la cappella è rimasta intrappolata nella lottizzazione. Nel 2005, a malincuore, le suore – destinate a scomparire – hanno infine ceduto la cappella a una pia donatrice. Alla morte di quest'ultima, gli eredi, senza tener conto del carattere sacro dell'edificio, lo hanno messo all'asta. Toufik Abdelnour, un marocchino da vent'anni stabilitosi in una frazione vicina, l'ha ricomprato, con l'idea di demolire il fabbricato e sostituirlo con un'abitazione. Enguerrand Guerre, che abita, va detto, a un centinaio di chilometri da lì, ha rischiato di strozzarsi quando ha letto questa notizia. «La cappella Sainte-Gudule venduta? E per di più a un arabo? Mai permetterò che ciò accada!».

Da diciotto mesi, dunque, Enguerrand si dà da fare in tutti i modi per salvare Sainte-Gudule dal suo fatale destino. Ha cominciato col rivolgersi alle autorità civili, che gli hanno opposto un'indifferenza garbata: dal punto di vista giuridico, Toufik Abdelnour ha acquistato il bene in tutta legalità. Sarebbe necessario eventualmente che il bene venisse ricomprato, ma il pensionato marocchino non ha affatto voglia di cederlo... E, comunque, Enguerrand non ne ha i mezzi.

Le sue ragioni in favore del recupero della cappella, d'altra parte, sono troppo fragili per suscitare lo slancio di compassione necessario per un'azione di ampia portata. Porre l'accento sulla questione razzista pare anche a lui una questione delicata. E poi, nonostante quella prodezza bizantino-romanica sia opera del suo bisnonno – Enguerrand Evariste Elphège Guerre, architetto di professione, vincitore del concorso di architettura sacra di Milano nel 1903 – sembra davvero difficile che gli assessori comunali possano vibrare di questa medesima corda sentimentale e famigliare... La maggior parte delle persone prova, di fatto, per questa chiesa che somiglia piuttosto a una meringa sbriciolata, una specie di disgusto frammisto a pietà; il medesimo sentimento di quando, a Capodanno, bisogna dare un bacio alla bisnonna villosa in un ospizio dall'effluvio di canfora. Dal tempo in cui le religiose animavano il posto, la cappella non era mai più stata, o quasi mai, aperta al pubblico. Quelli di Saint-Germain non hanno mai celebrato lì alcun evento familiare: battesimi, prime comunioni, comunioni solenni, professioni di fede, matrimoni e funerali avevano sempre avuto come cornice la chiesa parrocchiale, anch'essa d'altronde in cattivo stato. A malapena, i più anziani ricordavano che la cappella era servita fino al 1966 come repositorio per la processione del Corpus Domini. Per l'occasione veniva ricoperta di petali di rose. Per l'umidità, gli stessi petali odorosi hanno lasciato il posto a una specie di muffa verde, che si espande dal pavimento fino al soffitto, con un odore di benzene... Peggio ancora: molte crepe si sono aperte nel frattempo sui muri dall'aspetto fuligginoso, accrescendo la bruttezza congenita di Sainte-Gudule. La maggior parte di quelli che abitano nei dintorni si domandano alla fine quando mai crollerà quell'edificio fatiscente. Ci vorrebbe una bazzecola di sette milioni di euro per ridargli lo splendore dei primi del '900, secondo i calcoli di Enguerrand... Ma un sondaggio basterebbe a rivelare che i residenti sotto sotto aspettano che quella verruca sgraziata sparisca presto. La sua sostituzione con un semplice padiglione artistico completerebbe a meraviglia l'uniformità luminosa della loro piccola periferia.

Indispettito dai passi avanzati senza alcun frutto presso la società laica, Enguerrand dunque ormai si aggrappa, come un cagnetto ringhioso, alla tonaca della Chiesa. Ha alluvionato di lettere il vescovo, che si è limitato a rispondergli con alcune parole concilianti e pie. Allora se l'è presa con Beniamino. Quando il parroco ha letto la lettera inviatagli da un illustre sconosciuto che gli chiedeva, in stile enfatico, di reperire dalle tasche dei suoi parrocchiani la bellezza di sette milioni di euro per ridar vita a un rudere chiuso da dieci anni, all'inizio ha creduto si trattasse di uno scherzo. Ha cestinato la lettera, divertito nel vedere un pazzo che spendeva tante energie per un'impresa ideologicamente titanica. E con che magniloquenza! Le motivazioni di Enguerrand Guerre nuotavano in una retorica ampollosa: «Onoriamo le radici cristiane...», «Riabilitiamo un gioiello dell'architettura del passato», «Opponiamoci alla distruzione del nostro patrimonio», «In un mondo segnato da un costante relativismo, abbiamo il dovere di testimoniare i nostri valori», «Mettiamo in mano un punto di riferimento spirituale ai nostri contemporanei invasi dall'egoismo!», e via di questo passo.

Dopo un anno di corrispondenza, finita regolarmente nel cestino della carta straccia, Beniamino si è lasciato prendere da una specie di indifferenza desolata per quel povero Guerre e per le sue vecchie pietre. «Ancora uno di quei cattolici che pare non ravvisino la cristianità se non sotto il profilo della storia della civiltà...». I sostenitori di Guerre, più che tra i parrocchiani praticanti, si trovavano di fatto tra quei battezzati che non mettono più piede in chiesa tranne quando vi vengono portati sulle spalle di quattro nerboruti col vestito scuro, in posizione parallela al soffitto; si tratta di quel medesimo genere di persone presso cui cresce la paura dell'altro e dello straniero. Sono, costoro, i conservatori di una regressione squallida, di una cultura cattolica di rifugio, nascosta sotto l'insegna della «difesa dei valori della nostra civiltà plurisecolare».

Ma l'ultima lettera del sostenitore di Sainte-Gudule ha fatto un ulteriore passo avanti, introducendo anche il tema della crociata contro l'islam. Secondo alcune fonti «sicure, ma che lui non può rivelare senza far danno agli interessi nazionali», il devoto Guerre ha fatto sapere a quelli di Saint-Germain che Saint-Gudule sta per essere demolita per essere trasformata in moschea.

Di fronte a queste cose, Beniamino, ora indignato e sorpreso, ha battuto la testa sul suo breviario. È una calunnia bell'e buona. In questi ultimi mesi, a furia di ricevere la corrispondenza infuocata di Enguerrand, il parroco ha condotto prudentemente un'inchiesta personale. Una cosa è certa: Toufik Abdelnour, l'acquirente, agisce soltanto per interessi personali. La storia della moschea è una colossale bugia, volta a sollevare un polverone. Beniamino, da parte sua, ha inviato immediatamente una mail a Guerre, per comunicargli la sua irritazione, e ne ha mandato una copia a Sébastien Dufay, redattore capo di un giornale locale, *L'Eco di Saint-Germain*. Questi si è limitato a un trafiletto che metteva seriamente in dubbio le affermazioni di Guerre, con grave danno di quest'ultimo.

Enguerrand sente di aver perso però soltanto una battaglia. Ventiquattro ore prima, ha contattato il sito internet *La vera informazione davvero cattolica*, considerato molto efficace in fatto di guerra lampo dei numeri.

In un attimo, lo stratega del sito gli ha sfornato un bell'articolo, insieme a una petizione contro Beniamino, in fondo alla quale compaiono già i nomi di quasi quattrocento firmatari, reclutati online alla velocità del lampo e a dispetto della loro ignoranza totale della situazione sul campo. L'appello è forte e chiaro:

«Noi, membri del comitato di sostegno per il restauro della cappella di Sainte-Gudule, esigiamo che la diocesi rimuova il parroco Bucquoy, il quale, lungi dall'appoggiare gli sforzi dei cattolici che si preoccupano di salvaguardare la Francia dall'islamismo, fa il gioco di coloro che cercano di eliminare la cristianità».

5

Una fissazione che costa cara

«Uff! Finalmente un break!». Stamattina, Beniamino prende il volante della sua auto non per far visita a qualche parrocchiano fuori mano, ma semplicemente per farsi del bene. Prende una giornata per sé, direzione Parigi, dove c'è il suo confessore, padre Maurice.

Si tratta di un sacerdote anziano, di ottant'anni, un uomo temprato dalla vita, che è passato attraverso tutte le burrasche del dopo-Concilio. Ha visto tanti confratelli che hanno lasciato il sacerdozio per sposarsi – per "realizzarsi come uomini", come dicevano tutti. Non c'è niente che spaventi questo vecchio saggio. Beniamino gli può raccontare le sue lotte quotidiane; oltre al resto, che è molto meno brillante.

Finisce sempre col mettersi in ginocchio per confessarsi, svuota il suo sacco e si alza in pace. Solo che padre Maurice non è più tanto giovane: la sua salute ha avuto avvisaglie piuttosto inquietanti ultimamente.

Beniamino si domanda spesso che cosa farebbe senza questo confidente impareggiabile.

Al volante della sua Twingo bianca, ripensa alla settimana trascorsa, per preparare meglio il colloquio... Dopo la richiesta di Enguerrand Guerre, esplosa due giorni prima come una bomba, ha immediatamente contattato Jean-Philippe per chiedergli di intervenire. Il vescovo ha preso la faccenda facendo un passo indietro: «È pazzesco: le idee di Guerre circolano dappertutto tra noi, nemmeno fosse il maggior statista del Paese... Di fronte all'angoscia in crescita nella società, alcuni "cattolici sociologici" cercano tanto più rifugio in questo tipo di lotta quanto meno hanno una fede solida. Ma io credo che tu abbia sbagliato ad affrontarlo via mail. Con un pazzo del genere bisogna agire a mente fredda, non lasciare qualcosa di scritto di cui si possa valere contro di te. Ti sei lasciato trasportare dal tuo temperamento impulsivo, Beniamino...». Ancora una volta, dunque, in questa settimana, monsignor Vignon gli ha rimproverato la mancanza di prudenza e le sfuriate.

Il vescovo gli ha fatto capire che, personalmente, si esenterebbe volentieri da un intervento mediatico. Ma, in quel giorno stesso, ha anche emesso un comunicato stampa per escludere ogni eventualità di dimissioni per don Bucquoy. Non poteva essere diversamente.

C'è stata anche una telefonata infelice di Ildephonse Laporte, responsabile di un gruppo salito in cattedra nella diocesi per lottare contro «l'ideologia gay»... Ildephonse è molto agguerrito contro tutto quello che minaccia la differenza dei sessi. Si dà da fare anche per una educazione sessuale di tipo tradizionale. Racconta volentieri che la sua passione per il rispetto della morale sessuale cattolica gli viene dal suo santo patrono, Ildefonso, uno spagnolo del VII secolo appassionato difensore della purità dei costumi di fronte a una sessualità sfrenata. È, d'altronde, quello che dice anche Victor Hugo nella sua *Leggenda di una monaca,* in cui il grande romanziere racconta come Dio punisca una religiosa che ha sbagliato. Pur non essendo un baciapile, ed essendo anzi morto senza confessarsi, Hugo sa raccontare delle storie davvero edificanti... Nell'ultima strofa della sua *Leggenda,* spiega che sant'Ildefonso obbligava i religiosi del suo ordine a meditare sul castigo divino che la religiosa colpevole aveva dovuto sopportare: una storia che induce ancora oggi a stare in guardia! Molto più tardi, Georges Brassens[3] aveva ricavato una canzone famosa da questa storia sulfurea. Era il 1956, l'anno medesimo in cui Ildephonse Laporte veniva concepito dai suoi pii genitori. Ma, ahimè, Ildephonse non ha ereditato lo humour di Brassens.

In questa settimana, anzi, si è un po' innervosito. Ha sollecitato Beniamino riguardo al progetto di una formazione «al matrimonio eterosessuale» nella parrocchia di Saint-Germain-la-Villeneuve.

La questione creatasi attorno all'argomento gay, Beniamino la detesta. Si domanda se sia davvero un'urgenza impellente convocare una crociata attorno a questo

[3] Georges Charles Brassens, cantautore, poeta e attore francese, nato a Sète nel 1921 e morto a Saint-Gély-du-Fesc nel 1981. È considerato, a livello internazionale, come uno dei più grandi maestri della canzone d'autore (*NdT*).

tema, mentre migliaia di migranti crepano nel Mediterraneo. Quando però lo ha detto a Ildephonse, questi gli ha replicato seccamente: «Lei non accetta di difendere la morale cattolica! Quando c'è stata la Manif pour tous[4], lei non è stato nemmeno capace di mobilitare le persone che contano. E non è venuto con noi, a Parigi, a manifestare...». Beniamino è costernato. A suo tempo aveva già spiegato che, come pastore di tutti, non voleva mandare un messaggio negativo a quelli che, nella parrocchia – lui lo sa – hanno a che fare con l'omosessualità. Non è certo d'accordo, lui, con la legge a favore del matrimonio gay! Ma Ildephonse non aveva capito allora – e, forse, non capirà mai – dice ora fra sé e sé Beniamino, con amara tristezza, mentre infila la carta di credito nella colonnina per il pagamento automatico del pedaggio autostradale.

Nel paniere di questa settimana, tanto per non farsi mancar nulla, c'è stata anche un'ennesima esplosione di collera verso la responsabile della liturgia. Dedita corpo e anima a questo settore chiave della vita ecclesiale, Monique Bouchard decide il calendario dei lettori e sceglie i canti della messa domenicale. Tuttavia, questa sessantenne che sbalordisce per buona volontà, non conosce a fondo la scienza liturgica, nonostante abbia seguito uno stage di formazione nel 1967 con un luminare del tempo. Quarant'anni dopo, racconta ancora entusiasta che un prete, allora, aveva celebrato la messa

[4] «Manifestazione per tutti», mobilitazione che ha dato origine a un movimento presente anche in Italia, il cui scopo è preservare l'unicità del matrimonio tra uomo e donna e il diritto del bambino ad avere un padre ed una madre (*NdE*).

con un naso di plastica rossa per far sorridere la gente. «Che idea fantastica! A messa noi dovremmo avere tutti delle facce da risorti!». Le relazioni con il parroco si sono fatte tese, soprattutto da quando Beniamino ha imposto le sue casule *vintage*, l'incenso e i ministri dell'altare. Poi si è messo a criticare le scelte dei canti da parte di Monique, specialmente qualche mese prima, quando, in occasione dell'ultimo mercoledì delle Ceneri, ella aveva intonato: «Credo al Dio che canta, e che fa cantare la vita!».

Nell'ultima settimana, se possibile, lo scontro ha fatto un ulteriore passo avanti. Monique ha organizzato un incontro con i genitori dei bambini che si preparano alla prima comunione, e ha invitato anche il parroco. Dopo uno sproloquio sul modo di vestire dei bambini per la cerimonia, Monique ha lasciato la parola a Beniamino. Lui, schiarendosi la voce, è partito lancia in resta: «Cari genitori, grazie per essere venuti così numerosi. Mi congratulo per i vostri bambini. Tuttavia, eccovi di fronte a un'enorme responsabilità. Se avete scelto di venir qui, di fatto significa che vi impegnate in prima persona a venire anche voi a messa tutte le domeniche, per accompagnare i vostri bambini. Mi rendo conto di come questo impegno sia gravoso per alcuni tra voi che non sono abituati. Ma ciò trascina con sé anche altri impegni, molto importanti, che forse vi sono sfuggiti, e che io vi voglio ricordare. Da una parte, venire a messa per ricevere il corpo del Signore vi obbliga a vivere con il Signore, vale a dire a rimanere in comunione con lui per tutta la settimana, e non soltanto per quell'ora che siete a messa. Proprio questa unione che volete vivere con lui, nella vostra vita di famiglia e di lavoro, vi "permette" di comunicarvi, se lo volete. Voi, dunque, vi impegnate ormai a vivere il perdono e l'amore con i vostri vicini, i vostri famigliari, soprattutto sul lavoro, e io so com'è difficile... Ma vi impegnate anche a venire dal Signore con un cuore puro, il più puro... So bene che è praticamente impossibile, ma il sacramento della riconciliazione ci rimette in ordine di marcia. Anche noi, noi preti, ci confessiamo, e anche per noi, vi assicuro, non è un piacere! È però importante farlo regolarmente. I vostri bambini si confesseranno prima di ricevere il Signore per la prima volta, e sarebbe bello che poteste farlo anche voi. Organizzeremo una celebrazione penitenziale, alla quale sono invitati sia i bambini che i loro genitori. Chiederò ad altri preti di venire. Se pure il segreto della confessione è assoluto, capisco che a volte è più facile incontrare un prete che non si conosce e che non si rivedrà più...».

Le parole del sacerdote hanno lasciato a bocca aperta la piccola assemblea. Dopo aver preso fiato, Beniamino ha però rincarato la dose: «Un'altra cosa: so che alcuni tra voi fanno fatica a credere che Gesù è presente realmente nell'ostia... Capisco anche questo. È tutt'altro che semplice. Ma, per parlare con franchezza, penso che il modo con cui noi facciamo la comunione ci aiuta a credere o a non credere. Da parte mia, ritengo che si è molto banalizzata l'eucaristia, con il fare la comunione in un modo un po' troppo sciatto. Si prende l'ostia nelle mani, la si mette in bocca con gli occhi nel vuoto, come un biscotto per l'aperitivo, e si gira sui tacchi per riprendere il proprio posto. Mi pare che non sia per niente corretto. Attenzione, la mia idea non è quella di farvi sentire in colpa, ma di proporre un'altra cosa, che permetterà al alcuni di capire meglio la presenza reale del Signore nell'ostia consacrata. Vi propongo di disporre le vostre mani come se fossero un trono – come dice san Cirillo di Gerusalemme – e di ricevere lì il Signore. Poi portatelo alla bocca mentre lo contemplate, con gli occhi fissi su di lui, e le due mani sempre l'una sull'altra. Vi invito a dirgli nel vostro cuore qualche parola d'amore, come per esempio: "Signore Gesù, io ti voglio bene!", oppure: "Signore, salvami!"... O altre parole che lo Spirito santo vi ispirerà in quel momento. Mangerete il Signore mentre lo guardate nell'ostia. Voi l'avrete così ricevuto in maniera amorosa e concentrata, ed è questo ciò che conta. La cosa peggiore, lo vedete, è quella di non fare bene le cose importanti. Soprattutto, non dimenticate quella parola d'amore quando adorate il Signore mentre accostate le mani alla bocca. È importante...».

Beniamino ha smesso di parlare e un silenzio di tomba è caduto sull'uditorio. Monique ha allora alzato la testa per pronunciare, con voce che pareva d'oltretomba: «Bene, penso che si sia detto tutto. Ci vediamo la prossima settimana per la messa a punto delle cose tecniche».

La sala si è svuotata in mezzo a un gran bisbigliare. Rimasta sola con il parroco, Monique ha sentito la collera montarle dentro, come una bottiglia di Coca-Cola calda agitata un po' troppo: «Ma... ma lei è matto! Lei con tutte le sue idee! Ci ha già propinato chierichetti e incenso in quantità! E adesso, la confessione obbligatoria, e le parole d'amore sussurrate all'ostia... Questo è romanticismo da sacrestia! Dov'è andato a trovare queste cose? È convinto davvero che siano in sintonia con lo spirito del Vaticano II? Ci mancherebbe solo che ci chieda anche di metterci in ginocchio come gli integralisti!».

Beniamino si è trovato, allora, completamente spiazzato. Mai Monique era sbottata in quel modo. Fino ad allora era riuscita a frenarsi. Tuttavia, lui non capiva perché si sentisse attaccata personalmente.

Aveva allora ripreso: «Monique, non si metta in quello stato d'animo lì. Non cerco di fare l'integralista, voglio aiutare la gente a essere più coerente nella sua vita, nella sua pratica, capisce... Sono davvero convinto che si debba fare attenzione al modo con cui si fanno le cose, sia interiormente che esteriormente, perché le cose sono legate tra loro».

Ma non aveva avuto il tempo di finire: Monique si era alzata con un balzo, di scatto, ed era uscita.

Ecco qua, tutto ciò che ora si prepara a confidare all'orecchio del padre Maurice. È stato troppo categorico con Monique? Ha perso una buona occasione per tacere, quando ha proposto la confessione ai genitori dei neocomunicandi? Il vecchio prete saprà dirgli con franchezza come la pensa, lui.

6

Un attentato ben preparato

Da quando il parroco ha annunciato che organizzerà una «veglia di riconciliazione» prima della celebrazione della prima comunione, c'è aria di scontro in parrocchia. Con alcuni amici, Monique si è messa a capo della rivolta contro quella che lei qualifica la «deriva totalitaria» del parroco: «Questa ossessione del peccato è intollerabile! Si direbbe che siamo ritornati a prima del Vaticano II... Certo, i genitori sono liberi di partecipare o meno alla celebrazione. Ma la maggior parte di loro si sentirà obbligata ad andarci. È un attentato alla loro libertà...». È fermamente decisa nel voler mandare a monte la cosa.

Va detto, per onestà, che Beniamino dà a questo sacramento così trascurato un'importanza maggiore rispetto al suo predecessore, che credeva ciecamente soltanto all'assoluzione comunitaria annuale... Quando è arrivato, uno dei primi provvedimenti è stato riattivare un vecchio confessionale di legno, unico superstite del grande repulisti degli anni '70, quando le anticaglie di una volta – statue di gesso dei santi, casule ricamate e cotte col pizzo – erano sparite dalla chiesa in nome dell'*aggiornamento postconciliare*. Risparmiato dalla furia rottamatrice, il "contenitore dei peccati" era stato trasformato in un ripostiglio a muro, nel quale la signora Basile, la domestica del parroco, riponeva scope, scopini, palette per la polvere, stracci e ogni tipo di prodotti per la pulizia della casa. Dal pulpito, il parroco aveva motivato la rimessa in funzione del confessionale con una battuta di spirito riguardo alla quale le sue pecorelle avevano espresso valutazioni diverse: «A partire da questo momento è Gesù che farà le pulizie nelle vostre anime!». Beniamino aveva spiegato che, se erano il suo orecchio e il suo cuore a svolgere il lavoro, era pur sempre Gesù colui che lavava i peccati, perdonandoli per suo tramite. *Crede di essere Gesù*, aveva detto allora sdegnata Monique dentro di sé.

Beniamino, in realtà, non confessa sempre in confessionale ma, appena può, raccomanda di utilizzarlo... I bambini restano affascinati da questo cerimoniale così esotico. Il piccolo inginocchiatoio, la minuscola grata, le paroline sussurrate nella penombra. Questo profumo di incongruenza e di mistero, così lontano dai loro videogiochi, rende il momento più piacevole che sgradito. Il parroco ha fissato per sé turni regolari, due volte alla settimana. Per la verità, non arriva mai nessuno e lui passa ore e ore a dire il suo rosario o a leggere qualche opera di spiritualità, quando non si pulisce le unghie o, con tecnica sopraffina, il naso.

Certo, a Beniamino piace il profumo di cera d'api mescolato agli intensi effluvi di Mirror e della liscivia Saint-Marc che persistono lì dentro, anche dopo che le armi della signora Basile hanno ritrovato il loro posto nella sacrestia. Ma, dentro di sé, vede bene quello che c'è di sconfortante nelle sue ore di attesa di un *cliente* che non arriva... A parte qualche pia signora fedele, fa davvero fatica ad attirare i cuori che sogna di portare a Dio. Sul versante della conversione delle anime, il vuoto è davvero intergalattico.

La domenica dopo quell'annuncio, alla fine della messa solenne delle 11.00, Monique blocca Beniamino in sacrestia, mentre lui sta mettendo via la casula. «Signor parroco, l'idea di far pressione sulla gente perché si confessi ha messo in subbuglio la parrocchia. Ecco una petizione che parecchi di noi hanno sottoscritto».

Beniamino è riuscito a malapena a udire la fine della frase che Monique ha già girato i tacchi. Apre la busta e dispiega velocemente un foglio piegato in quattro:

> Caro signor parroco, noi ci opponiamo alla sua ossessione del peccato, che è decisamente in contrasto con lo spirito del Vaticano II, che noi da tanti anni viviamo. E non accettiamo la confessione imposta ai genitori dei neocomunicandi. È un abuso.

In fondo a questo breve scritto compaiono una quarantina di nomi e di firme.

Beniamino non è poi così sorpreso. Durante la messa cantata, di fronte all'atmosfera pesante che gravava sull'assemblea, ha intuito di aver, da qualche giorno, decisamente compromesso la propria autorità. Quella sua fissazione sul confessionale è stata percepita come una imposizione arbitraria di tipo clericale. Quando ne ha parlato col padre Maurice, qualche giorno prima, questi gli ha fatto comprendere che si trattava di un eccesso di zelo per la "ripulitura" delle anime: sarebbe stato meglio averlo evitato. Il confessore di Beniamino si poteva permettere un tale giudizio, sapendo meglio di chiunque altro che il focoso parroco è affetto da un male che colpisce molti suoi simili: la tendenza all'autoritarismo e perfino l'abuso di potere, non appena vi si mescola lo stress... Ma Beniamino è troppo orgoglioso per riconoscere davanti ai parrocchiani di aver esagerato.

Passa, dunque, il pomeriggio della domenica a rimuginare quello che considera decisamente come uno smacco. Dentro di sé si rende ben conto che questa vicenda è la goccia che fa traboccare il vaso per molti pilastri della parrocchia, i quali, da quando lui è arrivato, non ne possono più delle sue innovazioni.

A volte gli si rimprovera di essere un ultrà. Radicale, Beniamino lo è di fatto, di fronte a certi tesori – come i sacramenti – che, per lui, non possono essere svenduti come gli oggetti di un bazar prima della chiusura, quando il commerciante rifila all'ultimo venuto la vecchia cassa che gli è rimasta, per un euro simbolico...

Il giorno dopo, lunedì, le persone alla messa sono poche. Il martedì e il mercoledì c'è ancora meno gente. Il giovedì sera, alla messa delle 18, si trova completamente solo. Improvvisamente si sente invaso da un infinito scoramento, come se tutti i sentimenti negativi scaricatigli addosso da quando è giunto a guida della parrocchia si fossero ormai accumulati su di lui in modo insostenibile. Gli argini costruiti con pazienza attraverso la preghiera sono saltati. Il prete sprofonda in una tristezza mescolata a un grande risentimento anche nei confronti della Chiesa...

Ripete a se stesso: «Non ce la farò mai. Sono irrecuperabili» e «Non valgo davvero niente». Non si è mai sentito così infelice.

È caduta la sera su questo penoso giovedì. Beniamino si prepara a chiudere la chiesa. Di solito, in attesa che faccia notte, da buon capitano vuole controllare lo stato della sua nave; gli piace ispezionare i pennoni prima della grande quiete...

Gli piace raschiare la cera delle candele, colata davanti a santa Teresa; o fare un po' di spazio sui tavoli dove stanno, ammucchiati, alcuni vecchi giornali. Una volta chiuse le porte, si ferma davanti al Santissimo, la cui lampada color porpora è come una lanterna che rincuora, nella penombra. Per lunghi minuti rimane in ginocchio, sulla pietra fredda; assapora quel momento, finalmente solo con Lui.

Quella sera, però, la routine si trasforma in un incubo. Passando davanti al confessionale, sente un odore sospetto. Preso dal panico, apre la porta: rimane inorridito. Sul cuscino che copre la sedia del confessore sono stati lasciati degli escrementi. Sopra, appeso con una puntina, c'è un foglio di carta sul quale riesce a leggere, scritte a mano, a caratteri grandi, queste parole: «Vuole la nostra merda? Eccola!».

7

Una pugnalata alla schiena

«Mi sono sentito insozzato. Quel confessionale è un po' il prolungamento del mio corpo... Non avrei mai creduto che potessero arrivare a tanto».

Con in mano un bicchiere di vino rosso, Beniamino ha appena finito di raccontare la sconcertante scoperta al caro confratello Julien Pottier, uno dei pochi preti della diocesi che considera alla stregua di un amico. Subito dopo aver pulito il confessionale, lo ha chiamato, per raccontargli il fatto e per sapere se poteva passare da lui per rilassarsi un po'. Per fortuna, Julien era libero da impegni.

Questo prete, più giovane di Beniamino di una quindicina d'anni, rappresenta la nuova generazione di cattolici: calmi e, al tempo stesso, sicuri della loro fede; raggianti e felici di testimoniare Cristo. La sua personalità carismatica ha suggerito a monsignor Vignon di nominarlo responsabile per la diocesi dell'evangelizzazione. Nel corso della sua formazione si è specializzato, come Beniamino, nel settore biblico, e, per questo motivo, i due si sono scambiati molti libri, presi dalle rispettive biblioteche. Julien ha cominciato una tesi sul libro di Geremia. Beniamino ammira l'energia e la saggezza che attirano verso questo collega molti giovani, in cerca di un accompagnamento spirituale esigente. Certo, Julien non ha la qualifica di parroco, ma Beniamino gli invidia proprio l'incarico al di fuori della gerarchia territoriale, dove non ha da risolvere le controversie tra la gente, dove riesce a evadere dalla monotonia della routine, a contatto con realtà dinamiche e in continuo movimento. Dentro di sé è anche un po' geloso per la scioltezza con la quale il confratello esprime una sensibilità liturgica ancor più tradizionale della sua. Qualche volta lo vede perfino indossare la veste. Dopo l'ordinazione, venticinque anni prima, Beniamino aveva fatto molta fatica già solo a mettersi il colletto romano. A quell'epoca, i contrassegni esterni del sacerdozio provocavano in certi cattolici un vero e proprio arresto cardiaco. Spesso dice a se stesso che i giovani colleghi non si rendono conto di come sia semplice per loro trovare un'identità forte rispetto al tempo in cui lui è uscito dal seminario, a metà degli anni '90. E come sia più facile per un prete giovane di oggi manifestare la propria sensibilità personale. Poter essere se stessi, che lusso!

Julien ha preso dalla cantina una buona bottiglia e ha messo in tavola una sorta di aperitivo improvvisato. Beniamino parla delle ultime settimane, particolarmente tese, di quell'impressione che ha di dover sempre lottare contro i venti contrari... Parla del battibecco con

Evelyne e del rabbuffo da parte di monsignor Vignon, dei fazzolettini di Brigitte e della sciatica di Guillemette, delle richieste di Monica e di Enguerrand, delle battute pungenti di Ildephonse... Questo pasto molto frugale è davvero provvidenziale per tirarlo un po' su. In fondo, Beniamino si domanda se Julien non sia il solo che lo capisce davvero. Dopo il dessert, ecco che questi comunica, con una voce un po' timida: «Beniamino, sai, volevo farti sapere che il vescovo mi ha nominato professore di Sacra Scrittura in seminario, a partire da settembre».

La notizia è per lui come pugnalata fra le scapole. Cosa?! Il posto che sogna da anni gli scappa di mano? Quando il suo vescovo lo ha convocato una settimana prima, si è guardato bene dal dirglielo! Che vigliacco! E che ingiustizia! Julien, a differenza di lui, non ha ancora nemmeno finito il dottorato!

Livido, Beniamino di alza di scatto. Afferra la giacca e lascia sgarbatamente la canonica dell'amico, senza dire una parola. Julien, sbalordito, non ha neppure il tempo di reagire. Fuori, l'auto parte a tutta velocità e scompare nella notte.

8

La fiera delle stravaganze

«Mio Dio, che orrore!» si lascia scappare la signora Basile, mentre si porta le mani sulla bocca, con un moto di spavento. «Non è possibile!». Rilegge sbalordita il quadratino di carta che ha appena tirato fuori dalla busta. Eppure l'anziana domestica ha letto bene... e ha riconosciuto la scrittura del suo caro parroco.

Non ce la faccio più.
Sparisco, che è meglio.
Don Beniamino

Ora è presa dal panico. Corre nella camera del sacerdote, che le sembra più vuota del solito. È lei che fa le pulizie, e si accorge subito che non c'è più lo zaino sullo scaffale, così come il breviario sulla scrivania. In bagno mancano uno o due asciugamani, così come non c'è il *nécessaire* da viaggio... Nel guardaroba le camicie sono scomparse, come pure le mutande e i calzini dai cassetti. Non c'è più alcun dubbio. Il parroco è partito con i suoi effetti personali. Sul tavolo da lavoro troneggiano, bene in evidenza, il cellulare e il mazzo di chiavi. La signora Basile dà un'occhiata dalla finestra: la macchina è ben parcheggiata davanti alla casa parrocchiale.

«Ci mancava questa! Dev'essere andato via a piedi...».

Sono le otto del mattino. Istintivamente, l'anziana signora prende il telefono e chiama la gendarmeria. «Pronto?». Il brigadiere capo Isidore Dubief ha staccato il ricevitore con un gesto meccanico. La faccia imperlata di sudore e chiazzata di couperose si increspa in una smorfia abituale, tipica della stitichezza frequente: «Cosa? Il parroco è scomparso? Ha lasciato una lettera? Bene, non tocchi niente, arrivo!».

Mentre riattacca il telefono, Dubief ripete, con gli occhi stralunati: «Il parroco è sparito!».

La giornata comincia bene... Stava per sorseggiare tranquillamente il caffè del mattino con Jennifer Duploux, corrispondente dell'*Eco di Saint-Germain*, il giornalucolo locale, e avrebbe preferito continuare a chiacchierare con questa creatura incantevole, piuttosto che partire per dare la caccia a un prete del cavolo. Il caffè del mattino del venerdì è il più gustoso della settimana. In quel giorno, Jennifer passa sistematicamente di lì per sondare l'ambiente, vale a dire per trovare materiale per la rubrica dei fatti di cronaca, della quale è stata incaricata dal redattore capo, Sebastien Dufay. Ed eccola che non sta più nella pelle, e balza in piedi: «Che cosa? Il parroco è sparito? Roba da matti! Mi dica, mi dica tutto!».

Il gendarme è costretto a sbottonarsi di più. «La sua domestica racconta che se n'è andato questa notte, a quanto pare. Ha lasciato un messaggio nel quale dice che ne aveva piene le scatole e che sarebbe scomparso. Per di più, se n'è andato a piedi. Non ha preso né macchina né cellulare. È impossibile, quindi, geolocalizzarlo. È certo che non vuole essere pedinato. È ben scaltro... A ogni modo c'è in previsione un gran casino. Con di mezzo la religione sono sempre rotture di coglioni! Finiamo il nostro caffè».

Il brigadiere capo non fa in tempo a tuffare di nuovo il suo naso enorme nel bicchiere di carta, che Jennifer è già attaccata al telefono. «Sebastien, spero che il giornale non sia già partito per il tipografo. Ho lo scoop del secolo. Ti dico solo che il parroco è scappato! Appena posso ti richiamo...».

Venticinque minuti dopo, il brigadiere capo Dubief varca la porta della canonica, seguito da presso da Jennifer. Nella canonica è tutto un brusio, come in un formicaio: la notizia della scomparsa del parroco si è sparsa in paese con la stessa rapidità di una gastroenterite in una scuola per l'infanzia. Il gendarme, con la finezza che lo caratterizza, grida alla gente: «Allora il signor curato si è fatto la ragazza? Speriamo che sia al mare, almeno, e non da solo!». Ma la battuta non fa più effetto del soffio di una carmelitana per un alcoltest in giorno di Quaresima.

Isidoro Dubief ha un bell'interrogare; nessuno sa niente sul perché o sulle circostanze della sconcertante sparizione. Ognuno rovista nel proprio cervello in cerca di indizi. Alcuni danno prova di fantasia sfrenata. La signora Vasseur, l'infermiera, è categorica: rientrata molto tardi, in mattinata, dal suo giro, ha visto chiaramente nello specchietto del suo retrovisore il parroco che andava con lo zaino verso est. Il signor Boutroux, il padrone del bar-tabaccheria, da parte sua, ha ricevuto una chiamata da una certa cugina, la quale afferma di aver riconosciuto lo sfortunato parroco sulla banchina di una stazione nello stesso momento, a cinquanta chilometri da lì, ma a ovest.

Ognuno gestisce l'ansia come può.

In chiesa, inginocchiati, Guillemette e Thibauld recitano il rosario con i loro bambini davanti alla cappella della Madonna. Brigitte si è messa al computer della parrocchia, alla ricerca di una fotografia del parroco, per diramare una segnalazione. Bisogna ritrovarlo, vivo piuttosto che morto. La paura di un suicidio le stringe la gola.

Stanislas, il più grande dei chierichetti, piomba in canonica tutto trafelato. «Arrivo dalla sacrestia. Il padre Beniamino dev'essere partito con un enorme carico. Ha portato via il camice e una casula, quella verde, perché non la trovo più. Si è preso anche tutta la riserva delle ostie, e tutte quante le bottiglie del vino per la messa. Mancano un calice, una patena e una tovaglia d'altare. E tutti i ceri sono scomparsi!».

«Il mistero si infittisce, ma io mi sento meglio», dichiara Brigitte, sollevata. «Se si è caricato di tutta quella roba, non è certo per buttarsi da sopra un ponte o per gettarsi sotto un treno».

Nel primo pomeriggio, Jennifer pubblica il suo articolo sul sito dell'*Eco di Saint-Germain*. Un vero romanzo: il padre Bucquoy avrebbe agito con l'aiuto di una complice, venuta a cercarlo in auto, di notte, per evitare di poter essere avvistato. Può darsi si tratti di un'amica con la quale ha delle relazioni intime...

Il redattore capo, Sebastien Dufay, ha condito il tutto, sulla prima pagina del giornale, con un titolo piccante: *Il nostro parroco in fuga*. Il sottotitolo riassume la cosa in questi termini: *Stanco della sua comunità, se n'è andato per una nuova avventura. Le nostre rivelazioni esclusive su questo mistero*. Tutto quello che ci vuole per stuzzicare il cliente. È fuori di dubbio che le vendite del suo quotidiano, un po' calate negli ultimi tempi, andranno alle stelle. Sfregandosi le mani, pensa tra sé e sé: speriamo che non lo trovino troppo presto! La suspense deve durare qualche settimana, perché il fatturato ne benefici...

Nel tardo pomeriggio, l'informazione ha già fatto il giro della Francia, debitamente copiata e trasmessa da mille e un sito internet. Le telefonate della stampa piovono sul vescovado. Niente da fare. Monsignor Vignon è andato in pellegrinaggio a Lourdes con il movimento dei pensionati cristiani... Ed è irreperibile, perché il suo portatile, tanto per cambiare, è spento o scarico... In vescovado, la segretaria, suor Marie-Joseph, è sul punto di strozzarsi ogni volta che risponde a un giornalista al telefono. «Insomma, adesso basta! Vi dico che monsignore non è qui!».

Ma dove sarà andato don Beniamino? si domanda angustiata la signora Basile, appena prima di addormentarsi, mentre fa scivolare la dentiera in un bicchiere insieme a una compressa effervescente di Paxodent. «È un bravo prete. Non credo che abbia in mente di spararsi in testa. Né di correre dietro alle ragazze. Alla fine ritornerà. Secondo me, è solo una piccola fuga... Madonna santa, riportacelo!».

9

Una fuga… in capo al mondo

Alla fine di quel suo folle giovedì, Beniamino non era riuscito a prendere sonno. Si era messo a letto subito, ma la rabbia non lo lasciava e lui si rigirava furibondo da una parte all'altra. La visione di Julien che insegnava Bibbia davanti ai seminaristi gli si ripresentava come un'ossessione. L'immagine da incubo del confessionale imbrattato gli martellava dentro… Alle due del mattino si alzò di scatto. La notte avvolgeva tutto nel suo silenzio profondo. Accese la luce della scrivania e cominciò a preparare lo zaino. Aveva deciso: sarebbe partito per andare in capo al mondo.

Uscì nel giardino della canonica. Un giardino vastissimo, lungo e stretto, che un lontano predecessore aveva trasformato in un paradiso botanico. A Beniamino piaceva recitare il rosario passeggiando fra le bordure di bosso, i rosai e gli alberi da frutta. Era un giardino da parroco, un vero giardino, e il prete si diceva spesso che quel rifugio era forse l'unico che lo aveva accolto senza porre condizioni, come fosse davvero il padrone della parrocchia. Magra consolazione…

Il chiaro di luna conferiva al luogo un'atmosfera strana e irreale, più dolce che non in pieno giorno.

Appena dietro, in fondo, si innalzava un muro di circa tre metri. Addossata, stava una specie di baracca, nascosta ai più grazie all'ombra degli alberi frondosi. Dentro, un locale di quattro metri per tre, ridotto in cattivo stato: una parte era stata trasformata in doccia con un lavabo e dei WC. Beniamino aveva scoperto quel posto due mesi prima, e si era preoccupato di non dire niente a nessuno. In maniera abbastanza provvidenziale, l'acqua arrivava ancora al rubinetto e al soffione della doccia. La luce filtrava attraverso una striscia in vetrocemento che correva fino in cima al muro. Forte della sua scoperta, aveva cominciato a farvi sobriamente le pulizie. Aveva sistemato di nascosto una sedia, un materasso da campeggio, un tavolino e, ogni tanto, si rifugiava lì. Spesso, nei momenti in cui si sentiva di umor nero, aveva accarezzato l'idea di trovare un posto dove poter fuggire per pregare, per trovarsi faccia a faccia soltanto con Dio, al riparo dagli uomini. E questa notte la baracca gli si era imposta come una necessità. Sì, stava per scomparire lì, in fondo al giardino. Lì dove nessuno, certamente, sarebbe venuto a cercarlo.

Al chiaro di luna, Beniamino cominciò a sistemare i suoi effetti indispensabili nella baracca, in un va e vieni di alcuni minuti, tra la canonica e il suo romitaggio clandestino. Prese con sé degli abiti, un breviario, alcuni libri di spiritualità e la sua Bibbia, poi si recò furtivamente in sacrestia per rintracciare tutto quello di cui aveva bisogno per dir messa: il messale e i paramenti liturgici... Prese anche alcune provviste, un piatto, un bicchiere e le posate, il dentifricio e l'asciugamano, senza dimenticare il suo inseparabile coltello a serramanico. Per ogni cosa trovò un posto; riuscì anche ad appendere il camice, la casula e la stola a un piolo dove il giardiniere di un tempo teneva la sua roba. Mise le ostie al riparo in una scatola. Tutto a posto.

Beniamino fece un bel respiro e, passo passo, scorse mentalmente la lista di tutto quello di cui aveva bisogno. No, non aveva dimenticato niente di essenziale.

Restava la cosa più importante... Nella baracca, Beniamino aveva trovato una gran quantità di blocchi di cemento abbandonati in un angolo, come anche un sacco di calce, un secchio e una cazzuola. Qualcuno, forse, in passato, aveva pensato di ingrandire quel posto così dimesso che, per la verità, minacciava piuttosto di andare in rovina... Il prete si rimboccò le maniche. Preparò la malta, poi scardinò la porta che aveva oliato due mesi prima, all'epoca della scoperta. La poggiò all'esterno, rientrò dentro la baracca e cominciò ad accatastare i blocchi di cemento fin quasi in alto, dove lasciò una feritoia. Se la cavava abbastanza bene in fatto di muratura: suo zio Enrico gli aveva insegnato, quando era giovane, come si fa.

Diede una sciacquata al secchio che conteneva il resto della malta e gettò tutto nella toilette; tirò lo sciacquone due volte di seguito: una evacuazione liberatrice.

Ecco, la porta era murata. Beniamino andò a lavarsi

con cura le mani. Distese il sacco a pelo sul materasso, si spogliò, si distese infine sul letto e ascoltò il silenzio. Una leggera corrente d'aria circolava tra la piccola fessura lasciata sopra l'uscio trasformato in muro e una bocca d'aerazione che si trovava nel muro di fronte. Questa era stata sistemata, in passato, nel muro di fondo della baracca che chiudeva il giardino e che sbucava, dall'altra parte, su una stradina che fiancheggiava la proprietà. La piccola apertura era, stranamente, collocata a circa un metro dal suolo. Era abbastanza grande per farci passare una mano e restava, a quel punto, l'unica via per comunicare con l'esterno.

Regnava, nella vecchia baracca ormai trasformata in bunker da operetta, un forte odore, misto di umidità e di terra, che però piaceva a Beniamino. Gli ricordava la casa dei suoi nonni, di tanto tempo prima.

«Presto il cemento sarà secco», mormorò tra sé e sé. «Non sono soltanto sparito dalla circolazione, ho fatto ancor meglio: mi sono murato dal mondo!».

Si abbandonò a un sonno profondo.

10

Una piccola regolazione al motore

«È una tragedia», sbotta a dire monsignor Vignon, con tono serio. Nella Sala San Giuseppe, all'interno della canonica, regna un silenzio di morte. Attorno al tavolo ha riunito, a porte chiuse, gli esponenti più importanti della parrocchia.

Il vescovo, rientrato sabato con urgenza da Lourdes, fa fronte a una situazione catastrofica. Se ne infischia che la linea del suo telefono sia assediata dai giornalisti. È pallido di rabbia a motivo del sacerdote ed è abbattuto per lo sconforto che ha preso il suo gregge.

Ha quindi riunito una unità di crisi fra i parrocchiani.

«Riepiloghiamo la situazione. Siamo a sabato sera. Il vostro parroco è scomparso da un giorno e mezzo, quasi due, e noi non abbiamo la minima idea di dove potrebbe trovarsi. Ho chiesto al vicario generale di contattare la famiglia, così come gli altri preti della diocesi, ai quali è notoriamente vicino. Tutti quanti sono sgomenti e non hanno il più piccolo indizio sulla sua sorte. Lo sono anche i gendarmi. L'avviso di ricerca, diramato su tutti i network, non ha dato nessun risultato. Può darsi che il vostro parroco si stia tranquillamente abbronzando su una spiaggia della Sicilia, o che non sia più di questo mondo – anche se io non credo tanto a questa ipotesi. Difficile immaginare che un prete della sua fatta possa essere arrivato a un eccesso del genere. Ma non lo si può escludere, perché l'animo umano è impenetrabile...».

Monsignor Vignon si ferma, tossicchia, e poi riprende il filo del suo discorso: «Don Bucquoy è un ottimo sacerdote. Sono al corrente delle tensioni provocate da alcuni suoi interventi e certe sue iniziative. Può darsi che sia stato maldestro, che sia andato al di là di una certa creanza verbale. Ma so anche che alcuni, dei quali non voglio fare il nome qui, lo hanno accolto in un modo indegno di una comunità cristiana. Lo hanno giudicato solo dalle apparenze. È vero che don Bucquoy ostenta un certo tradizionalismo in fatto di liturgia e di dottrina. Alcuni hanno ravvisato in lui un estremista. Ritengo che sia del tutto falso. L'integralismo non fa parte del suo temperamento. Dato che lo conosco molto bene, sono convinto che la sua prima preoccupazione sia quella delle anime. È un'espressione un po' desueta, d'accordo. Ma questo spiega tutto quello che vi ha predicato sulla confessione, sul peccato. Alcuni di voi mi hanno chiesto, quando don Pichon è andato in pensione a ottant'anni, di dar loro un prete più dinamico, più disponibile. Vi ho mandato un parroco di trent'anni più giovane del suo predecessore. Vedete, non si può cambiare quello che è. La maionese è impazzita con voi, ed è un vero peccato. Dico questo in maniera generica, certo, e non mi riferisco a nessuno in particolare... Ma quando vedo l'atmosfera tesa che regna qui, non mi stupisco che le divisioni e le mancanze di carità tra di voi lo abbiano molto minato. Comunque sia, dovete fare tutto il possibile per far vedere al vostro parroco quanto rimpiangete la sua presenza e per manifestargli il vostro desiderio di vederlo tornare, e poi di andare avanti insieme. L'unico problema è che, per il momento, è impossibile avere contatti con lui. Non ha preso con sé il telefono. Ma può darsi che, là dove si trova, guardi la sua casella di posta elettronica. Propongo che gli scriviate una mail per chiedergli di ritornare».

Davanti alla faccia costernata degli amministratori parrocchiali, monsignor Vignon riprende: «Domani mattina verrò a celebrare la messa domenicale al suo posto. D'ora in avanti vi raccomando la più grande discrezione nei confronti dei media. Le fantasmagorie dei giornalisti, in questi ultimi tempi, hanno raggiunto il colmo. Sappiate che poi io devo fare un lavoro enorme per ricostruire la verità. Ecco. Vi dico... a domani».

Dopo questa arringa magistrale, il vescovo si alza e raggiunge l'uscita. Dietro a lui i nasi sono puntati per terra e gli occhi si evitano tra loro. La sala delle riunioni si svuota sullo sfondo sonoro di chi tira su col naso e delle sedie che strisciano sul linoleum.

Il discorso di monsignor Vignon ha messo ognuno davanti alle proprie responsabilità. Monique si sente in colpa per aver aggravato la situazione con la sua aggressiva petizione a proposito della assoluzione comunitaria. Guillemette si rimprovera di non aver appoggiato abbastanza il suo parroco, di averlo idealizzato senza rendersi conto delle sue fragilità. Ildephonse è dispiaciuto per le sue frasi ingiuriose.

Più lontano, a Parigi, padre Maurice è sotto choc. Si è appena imbattuto in un articolo di *Le Monde* dedicato a Beniamino. Non crede ai suoi occhi ed esclama sbalordito: «Ero certo che sarebbe andata a finire male».

Improvvisamente un dolore intenso lo trafigge da parte a parte. Fa appena in tempo a premere il pulsante che fa scattare l'allarme in un centro di soccorso. È stato proprio Beniamino a fargli accettare questo dispositivo, superando, dopo infinite trattative, le resistenze dell'anziano prete. Questi si era battuto a lungo contro la premura filiale del suo giovane confratello ripetendo: «Sono nelle mani di Dio. Cosa vuoi che mi capiti?».

E adesso è proprio un infarto, a metterlo al tappeto!

11

Una voce dall'Aldilà

«Signore, come mi fa male questa vecchia carcassa! Ma fin quando sono quaggiù, bisogna che mi rimetta sulle mie proprie gambe. Quanto ai dolori, peggio per loro! È quando non ci si muove più che si muore...».

Marguerite si è alzata molto presto anche quella domenica, come ogni mattina. Ogni alba che Dio manda, la fragile novantenne fa il suo giretto nel borgo di Saint-Germain-la-Villeneuve. Le piace passeggiare per la sua cittadina prima dell'animazione frenetica della giornata. «... Tutto questo mi fa venire in mente gli anni della guerra, quando non c'erano tutte le macchine che sbucano fuori dovunque», dice fra sé e sé per darsi una ragione. La domenica, poi, fa un giro più lungo. La sua camminata la porta sulla strada degli Oubliés, una via stretta e lunghissima, all'ombra dei grandi alberi del giardino della canonica. Le macchine non vi entrano, è troppo stretta. Marguerite sente sempre un piccolo brivido quando passa di lì. Come se un bel giorno, in quella stradina un po' scura, potesse incontrare il lupo. O il principe azzurro... Dura a morire, Marguerite ha avuto una vita difficile. Ragazza madre a diciotto anni, messa incinta dal fittavolo, ha dovuto fuggire dalla campagna per andare a vivere in città. Ha cresciuto suo figlio senza l'aiuto di nessuno, lavorando in fabbrica. Lui è morto in un bombardamento, nel 1944, e lei si è trovata sola. È vissuta poi da nubile per quasi settant'anni. Nessun principe azzurro è mai venuto a toglierla dalla sua solitudine.

Eccola, per l'appunto, a metà della stradina silenziosa. A un tratto sente nell'aria una cantilena; viene da una voce maschile, come se fosse il rumore di una tovaglia che sta asciugando al vento, svolazzando sulla corda. «Sia benedetto il Signore, Dio di Israele, che visita e riscatta il suo popolo!». Marguerite si ferma, interdetta. Quella voce che va e viene, come la risacca in riva al mare, lei la conosce!

Presa dalla curiosità, l'anziana signora rivolge alla "voce" una risposta, con tono rauco: «Io sono Marguerite Raffray. E lei, chi è lei?». Dopo un breve silenzio, la voce le risponde: «Sono io, sono don Beniamino». Marguerite non capisce da dove venga la voce misteriosa. Il sole è ancora basso e, nella penombra, lei non vede proprio niente.

«C'è mancato poco che credessi che lei cantasse dal Paradiso, signor curato! Ha una voce così bella! Quando l'ascolto, la domenica, a messa, mi pare di sentire il coro e gli angeli del Cielo».

«Lei è troppo gentile, Marguerite. Ma è vero che il posto dal quale le parlo è un vero paradiso. Finalmente posso riposarmi! Mi fa un bene enorme. Qui, vede, ci sto per cantare la gloria di Dio».

«È meraviglioso, signor curato. Non vorrei disturbarla. Io continuo a camminare, sennò le mie gambe finiranno con l'infreddolirsi».

Marguerite continua la sua passeggiata. Sta perdendo la testa. Questo sì. In questi ultimi tempi non finiscono di dirglielo, tutti e in tutte le salse. Ha perso, sì, un po' della sua vista, ma gli orecchi funzionano alla perfezione! È proprio la voce del parroco quella che ha sentito, qui, sulla via degli Oubliés. Certamente non l'ha visto, d'accordo. Comunque, non si è sognata...

Marguerite rientra a casa quando sono le sette e mezzo. Le piace molto rimettersi a letto, "al calduccio", come diceva sua nonna per descrivere il dormire a lungo tipico della mattina della domenica. Un tempo bisognava andare a messa molto presto, ma adesso è alle undici. Sarà contenta questa volta Marguerite di andare all'uscita a stringere la mano del signor parroco, per ringraziarlo della sua bella voce. Ma poi riflette: *È comunque strano che mi abbia parlato dal Cielo...*

Poco prima delle undici, va in chiesa. *Sempre questa benedetta agitazione!*, e poi oggi c'è tanta di quella gente dall'aria triste, che parlotta sommessamente, uno con l'altro. Marguerite è abituata a mettersi nel suo angolino. Piantata sulla sedia, appoggia le due mani sul bastone e aspetta che inizi la processione d'ingresso.

L'organo intona il primo canto. Ma toh, guarda! Il parroco non c'è; c'è un altro prete che porta una mitria.

«Ouh, mamma mia, dev'essere un monsignore», dice fra sé e sé Marguerite. «È carina questa cosa. Immagino che sostituisca il parroco, che sarà partito per le vacanze. Ma... il parroco non è in vacanza... mi ha appena detto che è in Paradiso». Marguerite si ferma, perplessa. Non ha il coraggio di andare più in là nelle sue illazioni.

Segno che il suo udito è eccellente, nonostante l'età avanzata, Marguerite sente chiaramente il vescovo che comincia la sua omelia: «Cari amici, il cuore è pesante dopo la scomparsa del nostro parroco. Se n'è andato, ma il rimpianto e le lacrime non devono prevalere sulla ragione e sulla speranza. Ecco perché ci ho tenuto a prendere il suo posto qui da voi, stamattina, per ricordarvi che bisogna sperare sempre...».

Marguerite è senza fiato, è sbalordita. Ha capito finalmente come stanno le cose. Il parroco dev'essere morto quella settimana, in modo imprevisto. Siccome non vede nessuno e non legge i giornali, non sa, né può sapere... Alla fine capisce perché la gente ha quell'aria così abbattuta. A un tratto, si sente invasa da una forza incredibile. Lei, così timida, si mette a gridare con una voce che somiglia a quella di un maiale quando lo si scanna: «Il parroco è vivo! Il parroco è vivo! È in Paradiso!».

Immediatamente l'assemblea si volta e il vescovo si interrompe di colpo. Una buonanima gli si avvicina e sussurra sottovoce: «La prego, monsignore, vada avanti. Non è niente. È una povera vecchia che è fuori di sé, adesso la calmiamo!». Un mormorio si propaga attorno a Marguerite, che è tutta ansimante. Di fronte a lei una decina di parrocchiani mandano occhiatacce.

Lei tace subito e lascia che monsignore finisca la sua omelia.

Ma, alla fine della messa, eccola di nuovo al centro dell'attenzione. In lacrime, continua a ripetere la stessa frase: «Il parroco è vivo! È in Paradiso! Ecco quello che mi ha detto questa mattina: "Sono qui in paradiso. Finalmente posso riposarmi. Canto la gloria di Dio!"». Le parole dell'anziana signora producono reazioni contrastanti. Guillemette esclama: «Forse è la prova che non è più di questo mondo».

Povero parroco! Cosa gli sarà capitato? Altri, al contrario, sono categorici: «Sarebbe assurdo credere alle insulsaggini di questa donna. Sarebbe ora di metterla in ricovero. È terribile: a furia di vivere da sola, ha perso la ragione».

Marguerite finisce col rientrare a casa con il cuore straziato. Nessuno le ha veramente dato ascolto. Per strada fa un salto dalla sua vicina. Madeleine, *Mado* per tutti. Non sono amiche davvero intime, no... ma si danno una mano. Anche Mado non ha avuto una vita facile. Per l'età che ha potrebbe essere sua figlia e vive sola. Saprà tirarle su un po' il morale e, alla fine, ci sarà un bicchierino di limoncello. Il vantaggio è che Mado non va a messa, e quindi non ha assistito a quella scena imbarazzante per la quale Marguerite sente una tremenda vergogna. Interrompere monsignore mentre è sul pulpito dev'essere un peccato mortale, è chiaro...

«Mado, ascolti un po' quello che mi succede...». La vecchia snocciola per filo e per segno la sua storia mentre la sua vicina sgrana gli occhi. Alla fine, Mado le fa questa domanda: «Dov'è che era esattamente questa voce che è venuta dal Cielo? La strada degli Oubliés dov'è?». Poi conclude col sorriso sulle labbra: «Signora Marguerite, ma guardi che emozioni! La tengo qui a pranzo, e poi su, la metto a letto per un bel riposino».

Qualche ora dopo, mentre Marguerite si gode un sonnellino salutare, Mado riflette, col mento fra le mani. È davvero impensierita. Quarantotto ore prima ha saputo, leggendo il giornale, che il parroco è scomparso. Lei non crede più alla Chiesa, questo è certo. Eppure quel parroco ha pur sempre un'aria simpatica. L'aveva incrociato, un giorno, al mercato. Le aveva fatto un sorriso. Era carino.

È anche vero che Marguerite non è più così giovane. Ma, durante la colazione, Mado si è accorta che era ben presente a se stessa. Non è di quelle che sentono voci, ha i ben piedi per terra! E se tutto quello che ha raccontato fosse vero?

12

Una signora completamente sconvolta

La campana ha appena scandito le sette della sera.

Mado si infila, in incognito, per la via degli Oubliés.

La stradina è stretta e molto ombreggiata. Prima, non è mai passata di lì.

Il fondo è in terra battuta, invaso di foglie morte dell'autunno precedente. *Ma chi fa la manutenzione delle strade? Con tutte le tasse che si pagano, poi!...* Marguerite dice di aver sentito la voce a metà del viottolo, che a lei sembra non finire mai. Giunta in quel punto preciso, si azzarda a chiamare: «Signor curato? Signor curato, è qui?».

Lo ripete ancora più forte. Una voce risponde in un'eco smorzata: «Sì, sono qui».

Mado gioisce interiormente: la vecchia Marguerite, allora, non è uscita di testa!

«Ma dov'è dunque, che non la vedo!».

«Sono nel muro».

«Nel muro? Ma quale?».

«Il muro che c'è qui, il muro della canonica».

«Ah, sì, capisco, la sua voce viene da lì».

Ma è una voce ovattata.

«Si chini un po', c'è una piccola apertura, se riesce a vederla».

Abbassandosi, Mado distingue effettivamente una piccola cavità, un metro sotto il terreno. Si accovaccia, ma non riesce a curvarsi in avanti: si è appena rimessa da una lombaggine.

«È proprio lei, signor curato? Ma lo sa che tutti la cercano? Sono tre giorni che pensano che sia scomparso. Che cosa fa lì?».

«Mi sono murato, tutto qua».

«Cosa? Murato? Nel muro della canonica? Parola mia, sto sognando. In parrocchia, dalla gendarmeria, dappertutto, tutti quanti buttano per aria cielo e terra per trovarla. Alcuni credono che lei sia morto o che sia partito per andare a convolare con una compagna. La vecchia Marguerite, la mia vicina, è passata di qui stamattina. E ha dichiarato pubblicamente, durante la messa, che aveva sentito la sua voce, che lei le parlava dall'alto dei cieli, dal Paradiso!».

Dietro la piccola apertura risuona una risata. Un'anziana signora che ha dimestichezza con il soprannaturale non può interpretare in modo diverso la cosa, pensa Beniamino, divertito nell'immaginare Marguerite che raccontava tutto questo.

«C'è un qui pro quo. Marguerite mi ha detto che cantavo come gli angeli in Paradiso. Le ho risposto che era come se ci fossi davvero».

«Ma come fa a restare dietro questo muro, incastrato com'è? Mi sembra che davvero c'è qualcosa che non va...».

«Sì... se vogliamo. Ho deciso di lasciare la parrocchia. Stavo per... dare di matto. Non ce la facevo più. O così o farmi del male. Ho cercato di tutelarmi in qualche modo».

«Voleva ammazzarsi?».

«No, non proprio. Ma ad altri è già capitato. A volte, quando si è presi dalla disperazione, si perdono tutti i punti di riferimento, tutta la lucidità, e si può arrivare a fare qualsiasi cosa».

«Murarsi è... fare qualsiasi cosa, effettivamente! E tutti quelli che la cercano! I parrocchiani, la gendarmeria, i giornalisti del posto, la stampa di Francia e di Navarra... Sono tutti sul piede di guerra».

Beniamino ride di nuovo. Non avrebbe mai pensato di sollevare fino a questo punto l'attenzione dei giornalisti. Lui che a malapena riusciva a far pubblicare l'orario delle messe nel giornalucolo locale!

«Non che a me interessi molto quel che lei fa, signor curato. Sono venuta perché non volevo che circolasse la voce che Marguerite è diventata demente, come hanno pensato alcuni stamattina. Devo essere la sola che ha ascoltato la sua storia e che l'ha presa sul serio. Povera donna, ora le spiegherò tutto! Si sentirà almeno sollevata. A ogni modo, quello che è successo non mi fa venir la voglia di ritornare in chiesa. Lì dentro vedo soltanto gente dal cuore duro. Lo sa, ho fatto la prima comunione e tutto il resto quando ero piccola. Comunque... poi ho perso la fede. Mi sono capitate troppe disgrazie e, a dirla tutta, mi manca troppo il coraggio di parlare con Dio...».

Istintivamente, e soprattutto per dare sollievo alle caviglie e alla schiena tese nello sforzo di abbassarsi in direzione dell'apertura nel muro che dà sulla cella del recluso, Mado si è messa in ginocchio. Avverte la presenza magnetica dell'uomo che sta nascosto dietro il muro come una grande spugna di silenzio, che assorbe le sue parole. Spinta da un'improvvisa ispirazione, svuota il sacco. Dice che, cinque anni prima, è venuta ad abitare a Saint-Germain per occuparsi della madre che stava invecchiando rapidamente. Se n'è andata, lei, molto in fretta. Ha ereditato la sua casa, ridotta un po' in cattivo stato, e si è stabilita lì. Qui, nessuno sa com'è stata la sua vita prima. Meglio così! Mado ha abitato a Parigi per trentacinque anni, e lì ha vissuto del suo corpo... La prostituzione, sì. A settant'anni suonati, sono almeno dodici o quindici anni che non pratica più. Ha finito col guadagnarsi da vivere facendo mercatini, grazie ad alcuni amici che l'hanno tolta dal marciapiede. Oggi tira avanti grazie a una modesta pensione. Fortunatamente la madre le ha lasciato un piccolo gruzzolo.

Mado stessa non riesce a capacitarsi di come sia riuscita a raccontare la sua storia a uno sconosciuto, in modo così semplice. Ne ha sempre avuto così tanta vergogna.

«Mi fa strano dirle tutto questo. Ho sempre evitato i preti... Sapevo che mi avrebbero fatto la morale. E poi sono dei borghesi, non gliene frega niente della povera gente».

«Non sono qui per giudicarla. Se le dispiace davvero per quello che ha fatto di male, basta dirlo e svuotare tutto quello che le pesa nel cuore. Resterà unicamente tra lei e Dio, io faccio solo da tramite. Questo si chiama confessione. Io devo mantenere il segreto più assoluto su tutto quello che mi dirà. Cominci, abbia fiducia in Lui. Sapesse quanto le vuol bene. La sta aspettando da così tanto tempo. Non chiede altro che di poterla stringere fra le sue braccia».

Beniamino è caduto a sua volta in ginocchio; gli è venuto naturale. Mado sente come se la pentola della sua paura e vergogna venisse scoperchiata sotto l'effetto di quelle ultime parole. Quello che dice scorre come un fiume, così le sue lacrime. Lei ricorda tutto: i periodi torbidi, le trattative ripugnanti, accettate solo per avere qualcosa di più nel borsellino, per poter rientrare dei suoi debiti, l'odio verso i protettori. I due aborti. E tutte le menzogne per tenere nascosto quello che faceva, le astuzie per imbrogliare i genitori.

Ma anche la disperazione e la collera contro Dio che le aveva dato quella vita lì. Mentre si lascia andare a questa fiumana che trasporta rifiuti e ferite, è come se riversasse gli scarti della sua vita spezzata nel corpo di un uomo. Il contrario di quello che ha vissuto, a migliaia e migliaia di riprese, quando venivano per trovare sollievo in lei...

Quando ha, infine, vuotato il sacco, Mado tace. C'è un grande silenzio.

«Signora, stia in pace. Abbia fiducia in Dio. Lui accetta la sua vita così com'è. Dimentichi in Lui tutti questi peccati, metta tutto nelle mani di Gesù, lasci che faccia in lei dei miracoli. Prima di tutto il miracolo della pace ristabilita. Non si agiti più nei sensi di colpa. Pensi di essere sotto anestesia. Come se fosse un bambino piccolo che dev'essere operato per una malattia grave. Se si dimena, se si muove, il chirurgo non può fare niente. Al contrario, se si lascia addormentare, può essere operato. Allora, signora, si lasci anestetizzare da Gesù, vale a dire: smetta di giudicare il suo passato. È importante, così che Gesù possa mettere mano alle sue piaghe, possa guarire le sue ferite. Perché le dia la sua pace...».

Beniamino non riesce a capacitarsi di aver detto tutto questo. Sono parole venutegli da più lontano, come spesso gli capita quando confessa. Aggiunge: «Le chiedo di fare un gesto che sia il segno della sua penitenza. Da domani andrà a messa, e potrà ricevere la comunione. Per nove giorni, ogni giorno, dedicherà del tempo alla preghiera davanti al Santissimo, vale a dire, davanti al corpo del Signore conservato nella chiesa, là dove arde una piccola fiamma rossa. Adesso, ripeta con me l'atto di dolore. Poi, le darò l'assoluzione. Tramite la mia mediazione, è Gesù Cristo stesso che l'assolverà da ogni peccato, e che le perdonerà tutto».

Dopo un breve silenzio, il sacerdote recita, con voce lenta e raccolta: «Mio Dio, mi dolgo moltissimo di averti offeso, perché tu sei infinitamente buono, infinitamente amabile, e perché il peccato ti dispiace. Decido fermamente, con l'aiuto della tua grazia, di non offenderti più, e di fare penitenza...».

Mado ripete attentamente ogni frammento di frase. L'anziana prostituta sente il prete che pronuncia parole che non aveva più sentito da quando era bambina: «Dio, nostro Padre, ti mostri la sua misericordia! Con la morte e la risurrezione del suo Figlio, egli ha riconciliato il mondo con sé, e ha mandato lo Spirito santo per la remissione dei peccati. Per il ministero della Chiesa, ti doni il perdono e la pace. E io, nel nome del Padre, del Figlio e dello Spirito santo, ti perdono tutti i tuoi peccati».

Mado alla fine si rialza. Non sente più le ginocchia indolenzite. Tutto si è svolto come in un sogno.

È lì, in piedi. Dall'altra parte del muro, avverte chiaramente la presenza seducente dell'uomo al quale ha confidato la sua intimità. Beniamino, invece, è rimasto in ginocchio, prega in silenzio. Di questo prete lei avverte fisicamente la pace, che passa attraverso il muro come fossero raggi. Nella sua vita di prima, un uomo silenzioso al suo fianco era piuttosto un cliente che si abbandonava, dopo l'orgasmo, mentre lei tentava di raccogliere le emozioni che aveva dovuto accantonare durante il lavoro...

È allora che avviene il miracolo: nel giro di qualche secondo, Mado improvvisamente si sente del tutto purificata del suo passato. Un'onda di dolcezza scorre in lei, intrisa di perdono e di amore, come venisse da un'onda lunga molto lontana. Questo perdono e questo amore lei si autorizza a riceverli dentro di sé. Lascia entrare la misericordia di Dio, che inizia sempre dalla misericordia accolta per se stessa, a dispetto della miseria più sudicia.

È ormai giorno pieno quando, dalla stradina scura, la donna sbuca nuovamente sulla strada principale. A un tratto sente suonare le otto dal campanile della chiesa. La cittadina è deserta, tutti stanno cenando. Per tornare a casa deve passare da Piazza della Repubblica, dove ha sede il giornale locale. C'è la luce accesa.

Quella domenica sera, senz'altro, stanno chiudendo...

Decisa, Mado spinge la porta dell'*Eco di Saint-Germain:* scorge una ragazza concentrata su un monitor. «Signorina, mi scusi per il disturbo. Mi chiamo Madeleine. Ho incontrato il parroco! È vivo!».

13

Una strana moda medievale

Dopo che Mado ha lasciato i locali della redazione, Jennifer chiama immediatamente il suo capo, Sebastien Dufay. Gli riassume lo scoop della sera. Il caso è bizzarro, fa notare Sebastien: da venerdì mattina è risaputo che parrocchiani e gendarmi credono che il parroco sia dall'altra parte del mondo! E non ha più alcun dubbio: «È il miglior *plot* che mi sia capitato da molto tempo in qua». Vuole la storia nell'edizione dell'indomani, costi quel che costi. «Chiamo il tipografo per ritardare la chiusura. Ti do due pagine; me le devi fare per questa notte. Fai un'intervista a don Bucquoy, che ti dica tutto sui motivi che l'hanno portato a fare una cosa così folle».

Immediatamente, Jennifer corre verso la strada degli Oubliés. C'è ancora luce, in questa sera di metà giugno. Grida: «Don Beniamino, è qui?». Lui le risponde, comincia a conversare con lei. Lei fa scivolare il suo smartphone nella cavità per l'aerazione e attiva la registrazione vocale.

Quattro ore dopo l'articolo è pronto.

Jennifer aggiunge un'introduzione per raccontare la sua scoperta.

Dato che Mado le ha chiesto di mantenere il silenzio sul suo conto, lascia intendere di aver scovato il parroco da sola, come si addice a una grande reporter... Tutto ciò farà un gran bene alla sua carriera.

ECO DI SAINT-GERMAIN
INTERVISTA DI JENNIFER DOUPLUX
A DON BENIAMINO BUCQUOY

Perché si è rinchiuso dietro questo muro?

Beniamino Bucquoy: Sono crollato giovedì sera scorso. Sono successe cose difficili nella mia vita di prete. Niente storia di sesso, come piace alla gente. No, non si tratta di questo. Mi spiace doverla deludere...

Non voglio entrare nei dettagli, ma è vero che ho quasi dato di matto. Ho deciso di andarmene molto lontano. Il modo più semplice, pensavo, era quello di scomparire senza lasciare tracce. Non volevo che le seguissero. Sapevo che questa baracca era dimenticata. Sapevo anche che presto o tardi mi avrebbero trovato. Devo confessare che, in un primo momento, mi sono divertito nel pensare che mi avrebbero cercato inutilmente. È una specie di vendetta, per la quale domando perdono a tutti, soprattutto a quelli che mi erano vicino e che hanno dovuto preoccuparsi seriamente.

Ma perché la scelta di murarsi vivo? È orribile.

B.B.: Sì, lo si potrebbe pensare. Effettivamente ho murato la porta d'ingresso con dei blocchi di cemento, lasciando filtrare un filo d'aria, in alto. È un modo per impedire che vengano a prendermi. È un simbolo. E segno, innanzitutto, della chiusura in cui mi sono ritrovato al termine dei due anni da parroco. Ho avuto l'impressione che tutto quello che volevo fare, con le migliori intenzioni del mondo, urtava contro un muro invisibile. È paradossale: mi sono murato, ma soffocavo più terribilmente quando ero fuori, in questi ultimi mesi, come parroco.

Non è una forma di disfattismo, un abbandono del posto, proprio quando i parrocchiani hanno bisogno di lei?

B.B.: È vero: le cose si possono vedere in questo modo. Ma proprio restando simbolicamente sul territorio della canonica, chiuso dentro queste mura, io voglio esprimere questo paradosso: sono fuggito, sì...ma non è un abbandono del posto, non è come per il capitano che abbandona la nave. Rimango parroco della parrocchia, e, nello stesso tempo, mi sono messo alla periferia della stessa.

Da quando sono qui, ho incontrato due persone con le quali non avevo mai parlato prima; di queste, una è lei; persone che non vengono mai a messa. Dunque, non è poi così male. E spero che questo continui ancora.

Che cosa vuol dire?

B.B.: Diciamo che riprendo una tradizione molto antica della Chiesa cattolica. Un tempo, nel Medio Evo, dei mistici si muravano letteralmente, spesso nelle pareti delle chiese, e comunicavano con l'esterno attraverso dei piccoli orifizi praticati nel muro. Penso a Giuliana di Norwich, in Inghilterra o Colette de Corbie, in Francia. Si trattava soprattutto di donne. La gente veniva a parlare, a portar da mangiare. Questa reclusione permetteva loro, paradossalmente, di entrare in contatto con alcuni che, forse, non sarebbero mai andati a incontrare il clero. Questo permetteva loro anche di rimanere veramente concentrate sulla preghiera. Pregavano per il mondo. Da parte mia, credo di non pregare abbastanza, e questo perché sono venuto meno ai miei appuntamenti di preghiera che ho interrotto, giovedì scorso. Quando non si fa manutenzione, gli argini si crepano, non reggono quando arrivano tempesta e inondazione. Per questo voglio concentrarmi sul mio ministero di prete, sulla sostanza delle cose.

Vale a dire?

B.B.: La sostanza delle cose è che il prete si pone tra l'uomo e Dio. Pregare e intercedere per la gente per lui è tanto importante quanto fare mille cose con e per essa. Vorrei essere parroco in un modo diverso: un modo che occorrerà inventare insieme con i parrocchiani. Lo so, è strano: io non posso andare verso la gente; ormai sono loro che devono venire verso di me. Ma va bene così. Lo sa, la gente prende il proprio parroco come una specie di uomo tuttofare. Sì, il prete è al servizio dei suoi parrocchiani, ma il rischio è quello di cadere in una forma di attivismo, nel quale si dimentica il motivo per cui il prete è lì: per testimoniare il Cristo e la sua presenza in mezzo agli uomini. È una missione che nasce da un sacramento. Ora, noi preti ci spossiamo tanto in riunioni che spesso non servono granché; ci viene chiesto di mettere in pratica un'infinità di direttive che vengono dall'alto. Passiamo il nostro tempo sulle strade, a celebrare, a volte, i sacramenti per gente che, in fondo, non vuol cambiar vita, ma solo sentirsi a posto con un Dio magico. Voglio smetterla di esaurirmi nei mille compiti che non rientrano direttamente nell'ambito del sacerdozio. È forse un sogno, ma io lo voglio tentare.

14

Una verità che fa male

Dopo aver saputo della scomparsa di Beniamino, Jean Philippe Vignon non ha più smesso di trepidare dentro di sé, nonostante la sua forza di carattere. Ogni volta che squilla il telefono, teme una voce che potrebbe annunciargli, con tono spento e grave: «Buongiorno, qui è la gendarmeria, abbiamo ritrovato il corpo senza vita di don Bucquoy...». Monsignor Vignon non riesce a scacciare dalla testa un ricordo terribile. In passato, ha conosciuto un prete di quarant'anni, apparentemente a posto, che si è tolto brutalmente la vita. Il 29 giugno di quell'anno, quando tutti i preti ricordavano l'anniversario della loro ordinazione, lui si era sparato alla testa. Chi lo avrebbe pensato capace di un gesto simile? Di fatto, dentro di sé aveva una ferita che la nuova parrocchia aveva trasformato in un vero e proprio baratro. In esso era scivolato senza che nessuno potesse sospettarlo. E se fosse anche il caso di Beniamino?

Ma quella mattina, alle 6.07, una chiamata del suo vicario generale, Jean-Philippe Hameçon, ha messo fine alla sua angoscia. Da buon mattiniero, costui ha visto un messaggio sull'account Twitter di Jennifer Duploux, con un link che rimanda alla sua intervista a Beniamino. Agitatissimo, don Hameçon riassume in breve la situazione grottesca del parroco nella baracca. Il cuore di monsignor Vignon oscilla tra sollievo e collera.

Ah! Beniamino è ancora vivo... Ma che tipo però! Partire senza dire una parola. Lasciare marinare tutti nel loro brodo. Senza avvertire almeno lui, il suo vescovo!

Dopo aver letto l'articolo di Jennifer Duploux, dopo aver contattato alcuni giornalisti e il questore, e poi il sindaco di Saint-Germain-la-Villeneuve, Jean-Philippe si avvia verso la cittadina. Non conosce la fantomatica stradina degli Oubliés, ma sapendo che fiancheggia la canonica sul lato ovest, pensa di potervisi orientare. Arriva presto alla piazza del paese. Sull'ingresso della stradina è già ammassata una folla di curiosi. Il brigadiere capo, Isidore Dubief, fa segno con un gran sbracciarsi che la stradina è inaccessibile. Ma monsignor Vignon riesce ad aprirsi un varco. «Per favore, sono il vescovo, lasciatemi passare!». Sgomitando, arriva fino alla transenna dove un gendarme monta di guardia.

«Signor gendarme, devo andare a parlargli!».

«Bene! Le auguro buon divertimento! Ci sono già due o tre svitati incollati davanti a quel buco per topi. Fa morir dal ridere. Un parroco che diventa pazzo al punto da seppellirsi vivo.... Su, passi, passi. Ma la avverto: dovrà cacciare via le mosche da sopra la bistecca!».

Il vescovo finalmente riesce a entrare nella stradina verde, fiancheggiata da alte mura, da una parte e dall'altra. Si potrebbe pensare di essere finiti d'improvviso nella *Bella addormentata nel bosco* di Perrault. Non c'è bisogno di chiamare Beniamino per stanarlo: monsignor Vignon riconosce i curiosi chini sul muro. «Per favore, potete lasciarci un momento?», dice di getto con il suo bel timbro di voce. I parrocchiani liberano immediatamente il posto, come uno stormo di uccelli spaventato dallo sparo di un fucile.

Un minuto dopo, il vescovo si trova anche lui piegato sulle proprie rotule.

«Allora, Beniamino, pensi di essere una mistica del Medio Evo?».

Dall'altra parte del muro, Beniamino non si sente per nulla a disagio. Monsignor Vignon va avanti con un tono canzonatorio: «Se la memoria non mi tradisce, mi pare che, prima di farsi murare per tre anni, santa Colette aveva chiesto il permesso all'abate di Corbie. Nel giorno della tua ordinazione, hai promesso obbedienza al tuo vescovo... e ai suoi successori. Mi chiedo quante gliene farai passare a quello che prenderà il mio posto! A ogni modo, tu e la tua storia ci mettete tutti con le spalle al muro».

Beniamino resta ancora chiuso nel suo mutismo. Eccola, pensa, che è arrivata la sgradevole conversazione temuta da due giorni. Dopo alcuni secondi monsignor Vignon riprende la parola: «E spiattellare i tuoi problemi a una giornalista, piuttosto che al tuo vescovo, è di una straordinaria eleganza, vero? Questa bella ragazza è riuscita a tirarti fuori un sacco di cose. Perché non la prendi come tuo confessore?».

«Non sei stato neppure capace di dirmi in faccia che avresti dato la cattedra di Sacra Scrittura a Julien Pottier», sbotta infine Beniamino, con voce strozzata.

Jean-Philippe Vignon non crede alle sue orecchie: «Ma Beniamino, non capisco!... Non sapevo che...».

Il vescovo ha il cuore in gola. Sa bene, in un angolo del suo subconscio, che, cinque anni prima, aveva fatto cenno con lui di questo posto. L'altro giorno, quando lo ha convocato, non ha avuto il coraggio di affrontare l'argomento... Monsignor Vignon è talmente confuso da quanto Beniamino si è appena lasciato sfuggire, che non riesce nemmeno a dirgli quanto ha temuto per lui, quanto è felice di ritrovarlo vivo, quanto lo ama. Non è neppure più capace di confessargli che, nell'intervista di Jennifer Duploux, ci sono molte cose vere. È fuori dubbio che bisogna ripensare la vita della Chiesa. È chiaro che, in questi ultimi mesi, preso dai suoi impegni a Roma e a Parigi, lui stesso non è stato abbastanza vicino ai suoi preti, a Beniamino in particolare. L'ultima volta che si sono visti, si è limitato a cercarlo a proposito di Evelyne...

Jean-Philippe è una persona dotata di estrema sensibilità e, come mai prima d'ora, si rende conto di come non abbia vera attitudine a comunicare i propri sentimenti. Ancora una volta, si ritrova di fronte a un «problema» affettivo che lo perseguita fin da quando era bambino.

Questo pudore morboso, che lo porta qualche volta a essere duro, e persino ingiusto, proprio con quelli che apprezza di più.

Vuol bene alla gente, ma riesce a esprimere loro la sua riconoscenza con la stessa grazia con cui una balena blu danzerebbe sulle punte. Beniamino si riprende il vantaggio.

«Ho sbagliato a scappare. Ma non sono venuto meno alla mia promessa dell'ordinazione, non ti ho disobbedito. Ho fatto solo una piccola fuga, tutto qui».

«Va bene. Ti perdono. Ma che questo circo possa andare avanti ancora, non se ne parla. Devi uscire da questo buco il più presto possibile. Il problema è che, per farti uscire, bisogna demolire la costruzione, cosa che non è senza rischio per te... Perlomeno così mi ha spiegato il sindaco, questa mattina. Comunque sia, mentre aspettiamo la tua liberazione, ti chiedo di osservare la più completa riservatezza con quelli che fanno la coda per parlarti, specialmente con i giornalisti di tutto il mondo. È mio dovere proteggerti».

Il vescovo fa giurare al suo parroco di non rivolgere più la minima parola a questi predatori mediatici. Beniamino gli fa notare che, attraverso quel muro, è difficile sapere chi sia il suo interlocutore: certi giornalisti imbrattacarte possono farsi passare per un qualunque tizio innocuo.

Jean-Philippe ha un'idea che sembra tagliare la testa al toro: «Al di fuori di alcune persone che tu conosci, e delle quali hai piena fiducia, non dovrai comunicare con la gente se non sotto forma di confessione. In questo modo sarai protetto. Ed è questo che diremo alla stampa: tu comunicherai con la gente solo in questo ambito. Questo raffredderà i bollori di ogni genere di scribacchini. Non sono tipi che si confessano, quelli!».

Al di là dell'astuzia strategica, monsignor Vignon gode segretamente per la garbata punizione che ha inflitto al suo fuggiasco. Vuole concentrarsi sul suo ministero di sacerdote? Ebbene, sarà quello che sarà. Farà come il curato d'Ars: confessare, confessare, confessare, seduto per ore e ore nel suo buco buio e scomodo. Confessare fino ad avere le piaghe sul sedere. Fino a spaccarsi i timpani.

15

Un gran bazar

«Amici, è una formidabile mossa pubblicitaria!».

Georges Garnuchot stappa una bottiglia di champagne e lo versa in alcuni bicchieri di plastica acquistati in tutta fretta dalla segretaria, Ginette Trentemoul. Il sindaco ha deciso di dare risalto alla pubblicazione del millesimo articolo che menziona il nome del suo comune. Questo paese sperduto è uscito dall'anonimato grazie al nuovo evento davvero contagioso che si è diffuso su internet e sui social. Tutto quanto il mondo si appassiona ormai all'avventura del recluso volontario. Da una settimana, data della pubblicazione dell'intervista di Jennifer Duploux, i giornalisti si precipitano dai quattro angoli del pianeta. Dal Brasile, dall'Africa del Sud, dall'Australia e dal Canada.

Centinaia d'altri, più pigri, si sono accontentati di copiare gli articoli dei loro sodali, talvolta arricchendoli qua e là con qualche infiorettatura. Tutti quanti si citano, più o meno l'uno con l'altro, in una febbre plagiaria planetaria dove la verità dei fatti importa assai meno dell'eccitazione legata al sensazionale. Per il sindaco, è un trionfo: Saint-Germain-la-Villeneuve è diventata il centro del mondo. Questo, davvero, merita un po' di champagne.

È bastata una settimana per cambiare la faccia della cittadina. I turisti vi affluiscono ogni giorno a centinaia, come vespe attratte da una tartina di marmellata. È stato persino necessario trasformare un campo della periferia in un immenso parcheggio, e predisporre un minibus per fare la spola fino al centro.

Anche la posta ha dovuto installare una casella supplementare, per far fronte al flusso della corrispondenza. La modalità esclusiva per comunicare stabilita da monsignor Vignon col prete, la confessione, non ha arrestato la marea di curiosi. Anzi, al contrario: la parola d'ordine ha infervorato, pare, l'immaginario dei contemporanei a caccia di sensazioni fuori dall'ordinario. Andare a raccontare i propri segreti, i più inconfessabili, a un pazzo barricato dietro a un muro ha il suo aspetto da reality show che tanto piace alla gente. Questo afflusso è una pacchia per i commercianti, i ristoratori e altri professionisti dell'accoglienza, il cui giro d'affari si è quadruplicato.

Alcuni di quelli che sono vicini al sindaco, mangiapreti, hanno arricciato il naso, e hanno detto sottovoce che un primo cittadino di sinistra dà forse troppa importanza a una peripezia clericale… «Può darsi, può darsi…», ha risposto lui. «Ma mentre aspetto, rimpinzo le nostre casse! Finirete col dirmi grazie. Non dimenticate che il parcheggio è a pagamento, come a Eurodisney. Ecco ciò che ci autorizza a trincare senza scrupoli in barba alla laicità».

Quanto al parroco, ha finito col trovare il suo ritmo. Ogni mattina si alza verso le quattro, risvegliato dagli uccelli nel fogliame. Dice l'ufficio del mattutino e prega in silenzio fino alle sei, quando recita le lodi. Poi si fa una doccia e mangia qualcosa. Ogni giorno, i parrocchiani gli portano diversa roba da mangiare. Verso le sette, la gente comincia ad arrivare. La strada des Oubliés è stata completamente sbarrata da una parte, per ordine della gendarmeria. Vi si può entrare soltanto dall'accesso che si trova in Piazza della Repubblica. Il comune, per la fila d'attesa, ha posizionato in quel luogo un sistema a curve, con barriere in metallo. Un gendarme fa da filtro, così da lasciar passare una sola persona per volta; poi si aspetta che questa ricompaia, per lasciar entrare qualcun altro. Il flusso è lento. Con ognuno, Beniamino prende le cose con calma. Un visitatore ha lasciato un cuscino per terra, sotto l'apertura che dà aria: un'ulteriore comodità per chi si vuole inginocchiare. In Piazza della Repubblica, un ambulante ha posto la sua bancarella con panini e patatine fritte. Ogni giorno che passa, il prezzo dell'hot dog schizza sempre più alle stelle.

A mezzogiorno, Beniamino interrompe le confessioni. Recita l'Angelus, poi indossa il camice, la stola, la casula per celebrare la messa. Di fuori, una trentina di persone – non di più, ha chiesto la gendarmeria – ascolta la celebrazione eucaristica, tutti stipati nella stradina, bene all'ombra. Beniamino celebra a voce alta e forte, perché lo possano sentire anche dall'altra parte del muro. Uno o l'altro di quelli che partecipano legge i testi biblici. Nel pomeriggio le confessioni riprendono dopo le 15. Nel frattempo, Beniamino ha pranzato e ha fatto una breve siesta. In serata fa una pausa verso le 18 per l'ufficio dei vesperi. Poi cena. Il confessore si rimette la sua stola viola verso le 20.30, e smette solo quando è tardi, a notte avanzata. Non è così semplice sapere quanto davvero la gente si scarichi dei suoi peccati, versandoli nell'orecchio di don Bucquoy. Per quello che si può vedere, escono tutti visibilmente sconvolti, spesso con gli occhi rossi per le lacrime. Molto spesso si dirigono verso la chiesa che è molto vicina e rimangono lì, in silenzio, davanti alla piccola lampada rossa che segnala la presenza di Cristo. Beniamino chiede a tutti quelli che lo visitano di andare a inginocchiarsi per qualche minuto davanti al Santissimo.

In parrocchia, è stato necessario organizzarsi per far fronte a questo tsunami di pietà. Là dove, in passato, davanti al tabernacolo, le sedie erano vuote, ci si avvicenda ormai in un trambusto di zaini, di tintinnio di chiavi d'auto che cadono per terra, senza dimenticare i cellulari che, ogni tanto, vibrano muggendo.

La prima persona che ha messo in pratica, alla lettera, questa prescrizione di pregare davanti al tabernacolo è Mado, fin dall'indomani della sua confessione. Ormai è un'*habituée*. Con grande sorpresa dei parrocchiani, in chiesa compaiono molte facce sconosciute fino a quel momento. Evidentemente, il prete recluso è riuscito ad attirare "nuovi" praticanti. Il problema sta nel fatto che la maggior parte ha l'aria da burino, e non si sa che cosa fare di loro. La parrocchia, ancora una volta, è spaccata in due. C'è chi è convinto che tutto questo sia un fuoco di paglia, e che questo bigottismo si fermerà di colpo, allorché il parroco sarà uscito dalla sua torre d'avorio; c'è, invece, chi pensa che questo sia davvero un segno dal cielo. Ci si è lamentati a lungo che i posti dei fedeli sono sempre più scarsi e che il lavoro ricade sempre sulle spalle delle stesse persone. Un po' di sangue nuovo non fa male, no?

Dalla sua torre di controllo diocesana, Evelyne deplora questa pietà da bazar, questa prurigine superstiziosa provocata da un curato d'Ars da quattro soldi. Ma tutto rientrerà nell'ordine e nella normalità solo se il vescovo darà prova di un po' di polso!

Monsignor Vignon pure vorrebbe che Beniamino rientrasse nella sua canonica. Ma i servizi tecnici della città hanno studiato con attenzione il dossier: se si mette mano in un modo o nell'altro alla struttura della costruzione, il rischio è che crolli di colpo, e che uccida di netto chi la occupa.

È urgente quindi aspettare. D'altronde, il parroco non è ancora disposto a uscire.

16

Quando il diavolo si sfrega le mani

Esattamente trenta giorni dopo che era iniziato il suo immuramento, Beniamino cominciò a sentire che le giornate per lui diventavano lunghe, troppo lunghe. All'inizio, aveva davvero assaporato questi momenti di solitudine profonda, il disassuefarsi dal portatile e dal computer... Nelle prime due settimane aveva recuperato le lunghe ore di intimità con Gesù; ore sottratte al suo amato da un attivismo spossante. Aveva raggiunto una vita di preghiera mai vissuta prima, neppure nei suoi anni migliori di seminario. Paradossalmente, però, i tempi di preghiera che strutturavano in quel momento la sua vita erano segnati da un'aridità crescente. Aveva l'impressione di essere sopraffatto da una sensazione di ipocrisia, viscida e sorniona, come una medusa che galleggia sfatta fra le acque dell'Adriatico.

C'era, innanzitutto, quella faccenda dell'enorme mobilitazione attorno alla sua persona. Lusingato in un primo tempo, ormai si arrabbiava con i giornalisti che lo presentavano quasi come una star del sacerdozio. Era certo nel modo più assoluto di essere ritornato all'essenza più profonda del suo essere prete, invece di disperdersi in mille mansioni amministrative; ma il suo cuore non era veramente in pace.

All'inizio, di fronte a tutte le persone che venivano per confidarsi con lui, per srotolare la loro storia, spesso per la prima volta, aveva trovato una nuova ragion d'essere. Ma aveva anche scoperto di non essere quel curato d'Ars cui aspirava... In venticinque anni di sacerdozio, aveva avuto certo l'occasione di incontrare gente distrutta dalla vita. Ma quello che stava scoprendo sorpassava tutto ciò che avrebbe potuto immaginare sulla natura umana. Le violenze nelle famiglie, gli odi, gli adulteri, i tradimenti... La miseria nera dell'umanità straripava su di lui come una fogna puzzolente che rifluisce dalle condutture. Aveva da offrire soltanto il suo ascolto, alcune parole che gli sembravano ispirate dall'alto, e l'amore misericordioso di Cristo. Spesso, però, conservava l'impressione di non essere all'altezza della situazione, e che la gente lo lasciasse in uno stato che non sembrava del tutto salutare. Dopo aver vissuto il passare degli anni in un confessionale ben lucidato, lungo pomeriggi interminabili, con il bel camice stirato dalla signora Basile, eccolo prigioniero di un ruolo che, ogni giorno più, lo metteva a confronto con la propria povertà.

Gli pareva anche che la sua vita di carità si fosse rattrappita. Era facile amare gente che non conosceva e che veniva a incontrarlo solo perché famoso. Ma non aveva alcun dubbio che era molto meglio amare le persone così come sono, nel tempo, con le loro cattive tendenze ingualcibili: Evelyne con il suo piano sovietico, Monique con i suoi canti sdolcinati, Brigitte e Guillemette con le loro diatribe vegetali, Jean Philippe Vignon col suo cervello insondabile.

Una frase di Jean Vanier[5], il fondatore dell'Arca, che Beniamino aveva ascoltato durante una conferenza, gli tornava spesso in mente, come uno di quei video musicali che si appiccicano alla memoria come un cerotto: «Uno non sa veramente cosa vuol dire amare, finché non ha dovuto amare delle persone difficili, o anche assai difficili, se non addirittura impossibili da amare». Di fatto, più che una fuga nel deserto per la preghiera, a Beniamino era riuscita soprattutto una ritirata dal comandamento dell'amore... così pensava.

E c'era di peggio. Il suo morale aveva incassato un ulteriore brutto colpo, da che aveva saputo che il padre Maurice aveva avuto una crisi cardiaca proprio quando era stato informato della sua scomparsa. Il suo vecchio confessore, in questo stesso momento, era su un letto d'ospedale. Beniamino si domandava se sarebbe riuscito a vederlo ancora vivo, all'uscita dal suo eremo.

Aveva poi avuto tempo di riflettere, Beniamino, sul suo rapporto così complesso con il vescovo e sulla sua amicizia con Julien: in entrambi i casi si trattava di un misto di invidia e di ammirazione, che si era improvvisamente trasformato in risentimento violento, quasi in

[5] Personaggio realmente esistente, fondatore delle Arche e di Foi et Lumière, luoghi ed esperienze di convivenza e accoglienza di persone con disabilità grave (*NdE*).

odio, nei confronti del collega al quale era così legato. Provava ora tanta vergogna per questo brutto sentimento, torbido e inaccettabile, nei confronti di un fratello nel sacerdozio. Non riusciva a sgravarsene nemmeno affidandolo alle mani di Cristo. Né giungeva a chiamarlo con il suo nome: gelosia.

Per anni, Beniamino aveva creduto di essere immune da questo vizio che frantuma l'anima, ed era giunto a stupirsene. Disprezzava quasi la povera Brigitte, perché ella invidiava la talentuosa Guillemette. Ma quando Julien gli aveva comunicato la sua promozione, ecco in lui stesso l'acredine più violenta. A dire la verità, era stata proprio questa, in fondo, a indurlo alla fuga.

Oggi, poi, la gelosia scava il suo cuore come un acido intacca e riapre una piaga. Il prete è come sballottato da una sponda all'altra di una nave, in balìa di un rollio infernale, in mezzo a una burrasca ruggente. Da una parte, Beniamino dice a se stesso: «Non è giusto. Spettava a me quel posto, anche solo perché ho sudato per finire la mia tesi, e perché ho più esperienza. Avevo la precedenza. E poi, quando penso a tutto quello che ho fatto per Jean Philippe! Sono stato di una fedeltà senza incrinature, l'ho sempre sostenuto, anche quando aveva problemi in diocesi. E lui non ha la minima riconoscenza per me. Mi lascia in questa parrocchia di merda, a scuoiarmi con gente che mi manda fuori testa. Julien certamente è stato capace di piazzarsi molto bene per ottenere il posto, con quelle sue arie da santarellina... È scoraggiante».

In altri momenti però Beniamino sprofonda in un deprezzamento di sé altrettanto acido: «Se Jean Philippe ha scelto Julien, lo ha fatto perché è senz'altro più vivace, più intelligente, più brillante di me. Soprattutto, è più santo di me. Ha quella dolcezza, quella limpidezza, quella intensità... Ha quel carisma che attrae presso di sé i giovani che cercano la santità. L'anno scorso ha accompagnato in seminario due o tre ragazzi, e ha condotto diverse ragazze in convento. Io non sono riuscito a far nascere nemmeno la più piccola vocazione in parrocchia... D'altronde, io non valgo niente. Senza tutto questo bazar mediatico e questa improvvisa bizzarria del rinchiudermi, sarei del tutto incapace di attirare la gente verso Dio. Sono un impostore...».

Da qualche parte, intanto, vi è qualcuno al quale questo tentennare tra la sopravvalutazione e il deprezzamento provoca una gioia immensa. È il diavolo. Perché questi due poli fra i quali Beniamino oscilla e si tormenta di fatto hanno un solo nome: orgoglio. Ciò di cui Satana gode è il fatto che Beniamino è precipitato in una cecità lucidissima. Il parroco è diventato cieco su tutti i doni che Dio ha posto in lui. Nello stesso tempo è colto da una consapevolezza spietata delle proprie debolezze.

Il diavolo si sfrega le mani. Ma la Grazia non ha ancora detto l'ultima parola.

17

Una defibrillazione prodigiosa

È appena scesa la tenebra. Quando una voce femminile gli dà la buona notte, dall'altra parte del muro, non la riconosce subito. Eppure è proprio quella di Monique Bouchard.

«Cosa? Lei, Monique, in ginocchio?».

«Sì, sono io, padre. Oh, la sorprenderà un po'. Sono anni che non mi metto in ginocchio. Forse quarant'anni. Non riuscivo. Lo trovavo veramente ridicolo. Mi sembrava solo ostentazione. O una cosa da vecchie bigotte, come ai tempi di mia nonna e della mia infanzia. Nel 1968, per una che aveva vent'anni, mettersi in ginocchio era decisamente superato. Ci ho pensato su. Ci ho pensato su molto. All'inizio, due settimane fa, poco tempo dopo la sua fuga, ho letto un libro straordinario di Etty Hillesum[6]. Prima di essere deportata ad Auschwitz, ha lasciato in alcuni quaderni la sua esperienza spirituale intima. Lei parla spesso dell'inginocchiarsi. Devo dire

[6] Scrittrice di origine ebraica, morta nei campi di concentramento (*NdE*).

che questo mi ha molto emozionato, mi ha scosso. È questo fatto che, probabilmente, mi ha preparato a quello che ho vissuto stasera».

Monique fa una pausa, quasi per riprendere fiato: «Due ore fa, la mia vita mi sembrava in ordine, ogni cosa al suo posto. Ma Dio è venuto a scuotere tutto».

Due ore prima, Monique stava finendo di riordinare la chiesa e si preparava a chiudere le porte, come ogni sera. Dentro, però, rimuginava. L'isteria che aveva messo sottosopra la parrocchia, peraltro molto tranquilla, con l'immuramento del parroco aveva anche fatto vacillare i suoi punti di riferimento. Prima che capitassero tutti questi eventi, lei aveva, poco o tanto, il controllo di quello che succedeva in fatto di liturgia. Aveva l'impressione di remare su una minuscola barca, la propria, arroccata sull'onda gigantesca della pietà cattolica: tutta questa accozzaglia che viene a strisciare davanti al tabernacolo... Negli ultimi giorni, tuttavia, le era capitato di notare una persona che, d'improvviso, aveva cominciato a non mancare mai la visita al Santissimo: una donna non più giovane, dall'apparenza anonima, dai tratti del volto tirati e dai capelli trascurati. Quella forma improvvisa di fedeltà muta aveva suscitato in lei una segreta ammirazione.

Quella sera, secondo il suo solito, Monique, senza rivolgersi a nessuno in particolare, ha pronunciato con tono solenne: «È finita per oggi, chiudiamo la chiesa!». C'era lì soltanto l'inaffondabile devota, inchiodata sul suo inginocchiatoio, come una conchiglia su uno scoglio. L'occasione era troppo allettante. Mentre la donna si alzava con fatica dalla sua posizione ginocchioni, Monique le ha detto: «Ma insomma, signora, vuole spiegarmi che cos'è che la spinge a passare qui la sua vita?».

Quelle parole hanno colto di sorpresa l'anziana signora, ancora immersa nelle sue preghiere: «Mi scusi. Non ho capito bene».

«Oh, lo so che lei viene a pregare davanti al tabernacolo perché lì dentro c'è il Corpo di Cristo. Ovviamente, questo lo so... Ma francamente, non è esagerato venire tutti i giorni?».

«Forse... La prima volta che sono venuta, l'ho fatto per obbedire al parroco. Era la mia penitenza. Sono venuta quattro o cinque volte di seguito, e poi ho continuato. Vede, questo mi appaga molto. Mi fa sentire meglio il venire a parlargli, a ringraziarlo per aver cambiato la mai vita. Lui, voglio dire, Gesù».

«Ah sì? Fino a questo punto? Ma che cosa le ha fatto di così bello Gesù?» ha detto Monique, in tono un po' canzonatorio. Ma nel fondo del suo cuore, questa attivista parrocchiale avrebbe pagato per scoprire il segreto della patetica nonnina.

«Sapesse, signora! Ero perduta... Grazie al parroco ho capito che la cosa più grave non era quello che ho fatto nella mia vita, già non molto bello... ma il rimanere nella vergogna. La vergogna è come il sudiciume viscido che si attacca sopra il fornello, in cucina. Quando ci metti mano per pulire, è peggio: si forma come una specie di gomma marrone, che si distende come un mostro, che ti si attacca alla spugna, che poi non se ne va, neppure con l'acqua calda... Finalmente, ecco, il Signore mi ha liberato di colpo da quel sudiciume. Vale a dire della vergogna di sentirmi schiacciata dal mio passato, che è molto peggio del passato stesso».

Monique era rimasta basita, come una statua del Museo delle Cere. Ma Mado continuava, come un'equilibrista avventuratasi su una fune, sopra una voragine vertiginosa: «Signora, lei ha l'aria di voler sapere perché io prego qui; allora le racconterò tutto. Per quasi trent'anni sono stata una puttana, una prostituta, se preferisce. Esercitavo a Parigi, nel sobborgo del Temple. Non voglio descriverle quella vita. È troppo sordida. Dopo, sono venuta qui, in questo paesino, per dimenticare tutto. Dimenticare anche la frustrazione per non aver avuto una vita migliore. Non ero stupida, sa, avrei potuto studiare, sposarmi, fare qualcosa di utile, qualcosa che avesse senso. L'altra sera, sono andata a vedere il parroco. Credo di essere stata la prima a parlare con lui, molto in anticipo su tutto quello che è successo. Gli ho raccontato tutto, mi ha detto che Gesù mi perdonava e che dovevo soltanto rimettere ogni cosa nelle sue mani di Salvatore. Proprio questo è quello che c'è di più difficile: consegnare tutto nelle sue mani. Si è così portati a tenere per sé tutto quello in cui abbiamo sbagliato, a tentare di tenerlo sott'occhio, a controbilanciare, ad aggiustare... Si vuole conservare la nostra tristezza come una specie di versione negativa della Legione d'onore, una decorazione conseguita a furia di disonore, una medaglia da perdenti. Ma, vede, questa tristezza che deriva dal fatto che non riusciamo a perdonarci, è una malattia più dolorosa dello stesso fallimento».

Monique era rimasta assolutamente muta, con gli occhi pieni di stupore. Mado aveva concluso, con voce un po' dolente: «Mi scusi se ho parlato troppo. Le auguro una buona serata». E si era dileguata nella penombra.

Per Monique, quel rapido scambio è stato un vero e proprio terremoto. Quello che Mado non sa è che Monique è a sua volta figlia di prostituzione. Per motivi che non conosce bene, sua madre era dovuta arrivare a questo gesto estremo. E così era rimasta incinta di lei per «difetto di contraccezione». Nata la bambina, la madre era morta, giovanissima, di una malattia considerata vergognosa. Così Monique fu adottata da alcuni cugini di sua madre. Ha saputo tutto questo quando aveva quindici anni, dalla bocca di sua nonna, mentre ella stava morendo.

Per tutta la vita è stata perseguitata dal fantasma di sua madre. Ha fatto di tutto per passar sopra al suo passato orribile; per più di quarant'anni non ha avuto altro che un terrore: che venisse scoperto nella sua storia quel vizio nascosto di famiglia, come una casa con le fondamenta marce nascosta dietro a un'apparenza attraente. Non ha mai parlato di quella faccenda a suo marito, né ai suoi figli, anche se erano ormai grandi.

Dopo la partenza di Mado, Monique si è lasciata cadere su una delle sedie della cappella della Madonna.

Davanti a lei, la fiammella rossa danzava, ipnotica. Improvvisamente ha sentito che il suo corpo era come risollevato, dalle lacrime irrefrenabili che le scorrevano in volto; e ha sentito una voce interiore che le sussurrava: «Forza, Monique, dammi tutta questa sofferenza. Dammi tutto. Subito!».

18

Una crisi a porte chiuse

«Jean Philippe, bisogna fare qualcosa! Non si può andare avanti così!». La frase schiocca come il bagliore di un lampo in pieno temporale. A trentatré giorni dalla reclusione di Beniamino, nella calura infernale del mese di luglio, monsignor Vignon è seduto in un ufficio della Conferenza episcopale, presenti i membri del Consiglio permanente dell'episcopato. È una seduta di crisi. In effetti, la scelta di don Bucquoy, come un contagio, si è estesa a macchia d'olio. Altri sette preti si sono murati. Il primo nel campanile di una chiesa. Il secondo nella baracca di un cantiere abbandonato. Il terzo, in un container sul porto di Le Havre. Il quarto, in un rifugio scavato dentro un albero. Il quinto, in cima alla gru di un cantiere. Il sesto, su una barca al largo di Saint-Jean-de-Luz. Il settimo, addirittura, si è impadronito di un faro abbandonato su una scogliera bretone. Come Beniamino, vogliono ritornare ai fondamenti del sacerdozio. Vale a dire, finirla con le migliaia di chilometri, le riunioni inutili, i piani diocesani. Insomma, una specie di protesta generale del clero. E tutta quanta la stampa è in brodo di giuggiole. Pertanto, con i nervi a fior di pelle, i vescovi hanno deciso di prendere di petto il problema.

Dopo tre ore di discussioni, nessuna soluzione all'orizzonte. Si gira a vuoto, penosamente. E l'atmosfera intorno ricorda ormai le ascelle di san Giuseppe al termine di una giornata di lavoro, ben più che le rose promesse da santa Teresa dal cielo.

Jean Philippe Vignon è deciso a dire ai suoi confratelli quello che gli pesa sullo stomaco. In quegli ultimi tempi la sua testa ha continuato a dibattersi nello sconcerto. Alcuni rimarranno sorpresi: «Da parte mia, nell'ultimo mese ci ho pensato su molto. In linea di massima i nostri preti sono stressati e non c'è per loro nessuna riconoscenza. Non siamo abbastanza al loro fianco. Il problema è la nostra mancanza di leadership. Non diciamo loro quali sono le priorità ed essi soffrono di sensi di colpa nel non riuscire a fare tutto quello che dovrebbero, tanto più che sono spinti a confrontarsi con un ideale altissimo: per loro si tratta di rappresentare Cristo in mezzo agli uomini. Da un punto di vista umano, sono quindi condannati a essere sempre delusi da se stessi. Inoltre, chiediamo loro sempre più di prendersi cura di territori enormi, per rassicurarci della nostra capacità di non perdere terreno. Ma la realtà è che non ce la facciamo. Sarebbe ora di avere il coraggio di ammetterlo, invece di continuare a rattoppare. Smettiamola di credere che possiamo fare tutto. Bisogna ripensare ogni ruolo in funzione dei talenti e dei carismi dei nostri preti, pena il vederli crollare tutti quanti». Monsignor Vignon si interrompe un istante, con un nodo alla gola: «In confidenza, vi confesso che Beniamino si è rinchiuso anche perché io non sono stato capace di soddisfarlo in un suo bisogno narcisistico... che era pure legittimo. Sotto sotto si aspettava di avere un incarico che io ho affidato a un altro. Questo tipo di delusione è frequente, ma noi non sappiamo gestirla. I preti sono anche loro uomini. Come noi, del resto... Abbiamo tutti bisogno di riconoscenza».

I vescovi si guardano senza far motto, in un silenzio appena rotto dal rumore degli infaticabili ventilatori.

19

Un eminente sociologo

Oggi Evelyne Bossard Dupin si è presa un giorno di permesso lavorativo. Giusto per tirare un po' il fiato.

Forbici in mano, si dà da fare a potare le siepi del giardino. La dirigente della pastorale diocesana è depressa. La realizzazione del suo piano triennale di investimento pastorale è rimasto indietro, a motivo della mobilitazione straordinaria di monsignor Vignon attorno al caso Bucquoy! Quel cafone non è stato neppure capace di presentarle le sue scuse, dopo averla insultata. A un tratto le squilla il portatile. Sul monitor compare il nome Maryvonne.

Maryvonne Pastoubert! La sua maestra assoluta e sua – quasi – divinità personale. Per lei, si lascerebbe tagliare a fette in terra musulmana. Abbandona le forbici da potatura fra i roseti. Dall'altra parte, l'imperiosa Maryvonne le dice precipitosamente, con voce eccitata: «Evelyne, sono qui davanti a casa tua. Chiacchierando stamattina col mio amico Donald Wright, dell'Università di Chicago, ho deciso di andare a vedere il parroco murato nella tua regione, perché Donald mi ha chiesto di fare una relazione su questo *caso* durante il prossimo congresso di San Francisco. È fenomenale come soggetto di indagine! Ho preso immediatamente l'auto e, all'ultimo momento, mi sono detta che dovevo assolutamente passare a prenderti: ti appassionerà! Facciamo presto, sbrigati!, ho parcheggiato spaventosamente male!».

Nel suo solito entusiasmo, Maryvonne ha riagganciato di botto. Non si può fare nessuna obiezione... A ogni modo, per Evelyne non se ne parla neppure di tirarsi indietro di fronte al suo mentore, che le fa da padre, da madre e da migliore amica. Immediatamente prende la borsa e si infila nell'auto. Maryvonne parte in tromba e, senza lasciarle neppure il tempo di aprir bocca, comincia una vera e propria conferenza: «Evelyne, abbiamo sbagliato a non tener conto del risveglio della confessione. È importantissimo. È terapeutico. La gente ne ha bisogno per poter lavorare sulla propria esistenza, sulla propria ferita narcisistica e tutto ciò che comporta... Dobbiamo assolutamente guardare le cose da molto vicino. Questo Bucquoy è scaltro come una volpe. Rinchiudendosi, ha fatto saltare il sistema. Sì, rinchiudendosi, semplicemente, laddove gli altri organizzano proteste o scioperi, che non servono a niente... È geniale!».

Per la verità, Maryvonne aveva scoperto un po' tardi la passione per il caso Bucquoy. Fino a quel momento, aveva letto con una punta di disprezzo gli articoli su di lui. Era stata proprio la telefonata di Donald ad averla punzecchiata o, piuttosto, il suo invito alla conferenza oltreatlantico. Maryvonne non potrebbe mai rifiutare un'occasione come quella di pontificare davanti a trecento colleghi e, oltretutto, negli Stati Uniti, dove sogna da sempre di essere reclutata come *guest professor* in qualche università. Sarebbe il coronamento della sua carriera.

Arrivate alla via degli Oubliés, spinge però avanti Evelyne. La messa è appena cominciata. Con sua grande sorpresa, Evelyne è conquistata subito dal profondo raccoglimento delle persone accalcate nella stradina, al fresco ombreggiato degli alberi. Ascolta la prima lettura, quella in cui il profeta Elia incontra Dio in un soffio di silenzio. È il passo biblico che preferisce. Strana coincidenza, comunque! Ripensa al rancore nei confronti di Beniamino. Assorta, non si rende conto che Maryvonne, alla chetichella, è sparita. Tra la folla, la star della sociologia religiosa ha, di fatto, individuato un cronista della «grande stampa» che, di recente, ha elogiato il suo ultimo libro. Preferisce andare a fargli la corte, invece che seguire la celebrazione. A dirla tutta, non ha nemmeno voglia di portarsi dietro Evelyne, che sarebbe costretta a presentare come amica al giornalista: non potrebbe più nascondere a costui di lavorare per la Chiesa. A questo intellettuale che fa professione pubblica di ateismo, una simile prossimità con l'istituzione cattolica farebbe un pessimo effetto. Lui certamente non tornerebbe più a parlare dei suoi libri. Già il solo fatto che egli la veda seguir messa sarebbe molto negativo per la carriera di Maryvonne. In passato, certo, è stata una praticante. Ma ormai preferisce essere collocata nel settore degli agnostici. È meglio, per salvaguardare la facciata.

Evelyne, dal canto suo, è colpita dall'intensità della preghiera. Nel silenzio, dietro al muro, la voce di un uomo pronuncia distintamente queste parole: «Questo è il mio corpo, offerto in sacrificio per voi».

20

Memorabili colpi di scena

Quaranta giorni. Quella mattina, Beniamino conta e riconta le righe tracciate a mano sul muro della baracca. Eccolo al suo quarantesimo giorno di reclusione. Ha dormito male. La sera prima, il suo turbamento interiore è stato aggravato da due notizie sconvolgenti. In primo luogo: padre Maurice sta molto male. Dopo più di un mese all'ospedale, la sua condizione si è fatta disperata. L'anziano prete gli ha fatto sapere che vorrebbe dirgli addio, ma come fare? In secondo luogo: Mado improvvisamente è passata dalla vita alla morte. Una settimana prima, l'anziana Marguerite era venuta a fargli visita da parte di Mado, per avvertirlo che la sua convertita era appena stata colpita da una embolia polmonare e che voleva parlargli un'ultima volta, prima di andarsene. Beniamino si era morso le labbra, resosi conto che gli era impossibile corrispondere a quest'ultimo desiderio. Marguerite aveva aggiunto, quasi fosse un rimprovero: «Valeva la pena di rinchiudersi in questo modo!». Mado aveva esalato l'ultimo respiro ripetendo il nome di Beniamino. Aveva sperato fino all'ultimo. Invano.

Eppure, anche in quel quarantesimo mattino, il numero di quelli che vengono a fargli visita non cala.

Non appena Beniamino ha congedato un penitente, un altro prende il suo posto. Un visitatore inatteso declina le proprie generalità: Ildephonse Laporte. «Padre, vengo per esprimerle il mio rammarico per quello che le ho detto l'altro giorno al telefono. Non avrei dovuto rimproverarla per essere tiepido nei confronti del nostro batterci contro i gay. Non ho tenuto conto abbastanza dei suoi vincoli pastorali. Recentemente, però, un episodio nella mia vita familiare mi ha fatto capire che, anche quando si sta dentro i paletti fissati dalle norme della Chiesa, si può comunque vivere con gli occhi chiusi. La mia figlioccia mi ha confidato di essere lesbica. Sono frastornato...».

Poco dopo, si presenta un penitente importante. «Beniamino, sono Julien. Volevo assolutamente passare a vederti. Non ho avuto il coraggio prima». Tace, poi riprende con un fil di voce: «In realtà non sono venuto per chiacchierare, ma per chiederti il sacramento della riconciliazione. Benedicimi, ti prego». Beniamino resta senza fiato. Sommessamente, invita Julien al segno di croce attraverso il muro e pronuncia la sua formula, divenuta ormai rituale: «Il Signore Gesù non è venuto a chiamare i giusti, ma i peccatori. Abbi fiducia in Lui».

Silenzio. Poi Julien si confessa rapidamente. Come si confessa un uomo. La maggior parte degli uomini, infatti, vuota il sacco in un colpo solo, al modo di un camallo che getta il suo carico pesante sulla banchina, dopo che è risalito con fatica dalle stive della nave. Al contrario delle donne che, come escursioniste, sembrano vagare per monti e per valli, e hanno bisogno di tempo per venire a un capo. Quando si confessano, le cose vengono a galla adagio adagio, pezzo per pezzo. Con quel suo sorriso, padre Maurice soleva dire che le donne sono colpite dalla sindrome del sacco di farina: quando pare che l'abbiano svuotato, ecco che se ne trova ancora sulle pareti.

In fatto di carico, in verità, quello di Julien è pesante. Beniamino non riesce a capacitarsi. Nonostante la loro vicinanza e amicizia, è la prima volta che confessa il suo confratello. L'immagine ideale che si è fatto di Julien, di colpo gli si rivela in tutta la sua dissennatezza: semplicemente ha proiettato su quel giovane collega il suo personale sogno di santità. Nello stesso tempo, è preso da una profonda compassione. Julien soffre per una ferita insanabile. Lo ha detto con poche parole, con estremo pudore. Lotta, e spesso ce la fa. Lotta, ma a volte cade. E si rialza. E questo di continuo, da anni. Una danza terribile, tra il peccato e la grazia, tra l'umiliazione e la dolcezza della misericordia.

Beniamino è così impressionato dall'umiltà di Julien che cade in ginocchio a sua volta, nella sua cella, come un ramo che crolla a terra schiantato da un colpo di vento. È in questo stato d'animo che gli dà l'assoluzione. Julien fa di nuovo silenzio e dice in tono deciso: «Volevo dirti anche che Jean Philippe mi ha confidato di averti parlato dell'incarico, alcuni anni fa. Non lo sapevo, te lo giuro. Sia quel che sia, ho declinato la sua offerta. Partirò come missionario per il Madagascar, per un po' di tempo. Ho bisogno di prendere le distanze da tante cose e di ristabilire le radici del mio ministero in altro modo. Arrivederci, Beniamino».

Julien scompare. Dopo di lui, qualche minuto dopo, ecco una donna. È Brigitte. Ha una voce sommessa, totalmente diversa da quella con cui veniva, in passato, a piagnucolare nel suo grembo. Vero è che la sua vita è cambiata in tutto e per tutto.

Di fronte alla sorprendente affluenza in parrocchia, Guillemette e Brigitte hanno dovuto mettercela tutta per organizzare l'accoglienza, come fossero medici di un pronto soccorso che improvvisano un ospedale da campo. Effettivamente la chiesa di Saint-Germain-la-Villeneuve è diventata una specie di meta di pellegrinaggio, capace di attirare chiunque, spesso persone con non pochi problemi: malati alla ricerca di una guarigione, giovani sbandati, personaggi borderline che hanno frequentato tutti i visionari del mondo e tutti i ciarlatani che il pianeta annovera... Tutti vogliono passare da Beniamino, il quale ordina loro sempre di andare a pregare in chiesa. Ovviamente Brigitte e Guillemette si sono ritrovate a dover gestire l'assistenza ai *clienti* del parroco recluso: e la cosa ha comportato non poche emergenze materiali e sociali. I vasi di fiori sono diventati presto preoccupazioni secondarie.

In fondo, sia l'una che l'altra sono sempre state segretamente e in modo del tutto platonico innamorate di Beniamino; anche lì stava il motivo nascosto del loro contrasto. A Brigitte piaceva l'ascolto empatico del parroco, con la sua sensibilità viva e la sua cultura raffinata, che la consolavano del carattere ruvido e taciturno di Gérard, suo marito, grande appassionato di scopa e di calcio. A Guillemette, invece, piaceva, di Beniamino, il biblista capace di evocare intuizioni teologiche che lei poi traduceva in composizioni floreali.

La scomparsa di lui ha creato in entrambe un vuoto provvidenziale: libere dallo sguardo del signor parroco sulle loro rispettive creazioni artistiche, le due donne sono riuscite a vedersi l'una l'altra in maniera diversa.

Un pomeriggio, mentre Brigitte e Guillemette erano intente a fare una grande pulizia nelle cappelle laterali della chiesa, scopa e stracci in mano, Brigitte ha detto a Guillemette: «Tu che sei così perfetta, ti si potrà cogliere in fallo anche solo una volta?». Con un tono del tutto inaspettato, Guillemette è esplosa: «Non ne posso più, che mi si trovi perfetta. Soffoco dentro questo personaggio. Non sono io!». Poi le ha voltato le spalle energicamente. Brigitte le si è avvicinata da dietro dicendole, con molta dolcezza: «Ti chiedo scusa. Non volevo ferirti». Guillemette allora si è girata di nuovo verso di lei, con un volto che, prima d'allora, l'altra non le aveva mai visto. Si è gettata fra le sue braccia ed è scoppiata in lacrime, quasi fosse un'idropulitrice in pressione.

Dopo che Guillemette ha aperto una breccia nella propria armatura, le antiche rivali hanno saputo trovare ciascuna un certo piacere di fronte all'altra. C'è voluto anche il disinnesco della gelosia di Brigitte, reso possibile «grazie al più improbabile dei mediatori»: il marito, «un po' ottuso» forse, ma a suo modo fine psicologo. Una sera, all'ora della tisana, quest'ultimo ha rotto gli indugi dicendo alla moglie: «Insomma, mia cara, invece di lagnarti per il fatto che non hai tutto quel che ha Guillemette... voglio dire: invece di star lì a piangerti addosso, perché non capisci che il gusto che lei ha per i fiori – gusto che tu non hai – è lì anche *per te*. Per tutti, naturalmente, ma prima di tutto per te, perché tu ne ne possa godere. Dovresti piuttosto rallegrarti per questo suo dono: dono che a te dispiace di non avere. Smettila di farti del male con la tua gelosia!».

Questa saggezza teologico-spirituale, in uno abituato a parlare solo quando l'argomento riguardava un pallone rotondo o le promozioni del centro commerciale, ha lasciato Brigitte di stucco. Ha capito che quell'asino di suo marito aveva avuto un'ispirazione divina. E il cerchio magnetico dell'invidia, fin qui alimentato dal Principe delle tenebre, si è frantumato di colpo... Brigitte si è ritrovata improvvisamente a ringraziare Dio per i doni che aveva fatto a Guillemette, e non a lei. Una rivoluzione che, per ogni donna o uomo, è più grande di quella copernicana...

Questo, il racconto di Brigitte a Beniamino, concluso con la frase più surreale che a lui sia mai capitato di sentire: «Adesso siamo amiche. Tutt'e due. Abbiamo chiesto scusa. L'una all'altra».

21

Quando si aprono gli occhi d'improvviso

È appena scesa la notte in quello che è il quarantesimo giorno della carcerazione volontaria di don Bucquoy, quando un uomo dalla linea slanciata si infila dentro la stradina degli Oubliés.

Non c'è più nessuno davanti al piccolo buco nel muro... Le ginocchia cadono a terra quasi sbattendo sul suolo. Con voce forte e rotta dice: «Padre, beneditemi, perché ho peccato». Dall'altra parte del muro, Beniamino sobbalza.

L'uomo si mette a fare un elenco un po' meccanico, a raccontare sbagli... Alla fine si ferma, come quando il tubo dal quale l'acqua scorre s'intoppa d'improvviso.

«Mi scusi, ho dimenticato di presentarmi. Sono Enguerrand Guerre... Sì, proprio io. Sono venuto per chiederle scusa per le mie molestie fastidiose e per quella richiesta che nascondeva un sacco di menzogne. E che, per di più, era anche un po' razzista...».

Beniamino sorride. Lo aspettava, quel tipaccio. Dopo qualche secondo, teso come la gelatina di ribes tra i buchi di una tartina, Beniamino pronuncia il suo verdetto.

«Io la perdono, non parliamone più».

Questo perdono è più facile da esprimere di quanto avesse pensato.

«Uh, non ho finito... Diciamo che... Vale a dire che...», riprende l'uomo.

Dal suo stambugio, Beniamino immagina che il penitente si stia mordicchiando il labbro inferiore. Sta per palesargli di aver tradito sua moglie con la segretaria? Di aver soffocato con un cuscino sua nonna che vegetava da un po' troppo tempo? Di manovrare un giro di riciclaggio di denaro sporco?

«Sono io che ho sparso il contenuto del pannolino di mio figlio nel suo confessionale...».

«Ma dài! Lei?».

«Sì! Non è stato affatto bello, lo riconosco. Provo più che vergogna. Sapendo poi che è ciò che l'ha fatta crollare e l'ha condotta qui. E tutto questo per Sainte-Godule... Non sono fiero di me, e le chiedo scusa con tutto il cuore...».

«A volte, si va fuori di testa. Si fanno cose strane. Non è poi così grave come sembra. Il suo gesto, sul momento, mi ha sconvolto, ma era solo la goccia d'acqua che fa traboccare il vaso. Ho dato di matto per tutta una serie di altre ragioni, alcune delle quali sono molto profonde e non hanno niente a che vedere con quello che lei ha fatto. Per quanto mi riguarda, stia tranquillo. Vada in pace, signor Guerre...».

***

A notte fonda, qualcuno fa scivolare una busta nella fessura del muro. Beniamino esita prima di aprirla:

> Caro Beniamino,
>
> Sono venuta, ieri, ad assistere alla messa. Mi ha accompagnato un'amica. L'ho sempre considerata come il mio peggior avversario. Ieri ho capito chi era lei veramente. Un prete. E basta. Come altri sono clown, violinisti, pittori o alpinisti. Una vocazione che li supera.
>
> Volevo portare avanti la diocesi col pugno duro, ma ho capito che bisognava concentrarsi di nuovo sulla semplicità e la forza dell'eucaristia. È lei che me lo ha insegnato, ieri. Le chiedo scusa per tutto. Spero che uscirà di lì presto.
>
> Un abbraccio,
>
> Evelyne

Beniamino si porta il bigliettino sul petto. Quanta umiltà in questa donna che lui, per così tanto tempo, ha considerato orgogliosa! Lui stesso non ha mai avuto il coraggio di chiederle scusa per averla vilmente insultata al telefono. È lei ad aver fatto, ora, il primo passo.

Beniamino ripensa alla grandezza d'animo di Julien, di Evelyne, di Ildephonse e di Enguerrand. Rivede tutto il cammino che Brigitte ha fatto con Guillemette, grazie a suo marito, che non sembrava certo un volpone.

Si ricorda anche di Monique, tornata da lui grazie a Mado...

In fondo, si sono convertiti tutti. Chi resiste ancora all'azione della Grazia è proprio lui.

Le vicende della giornata gli hanno aperto dentro una breccia, attraverso la quale le lacrime ora debordano, come una diga che finalmente cede. Vede la sua colpa con una chiarezza scioccante: è il suo orgoglio che l'ha così sovente spinto a credersi brillante; o, al contrario, un nulla totale, che così spesso lo ha fatto cadere nel peccato subdolo del raffronto con gli altri: un peccato che il suo desiderio di perfezione ha persino incoraggiato.

L'indomani mattina Beniamino fa avere al sindaco e a monsignor Vignon questo messaggio.

> Devo assolutamente uscire da qui.
> Fate tutto il possibile.
> Non ce la farò a restare qui una sola giornata in più.

E aggiunge, all'attenzione di monsignor Vignon:

> Venga un prete a vedermi.
> Voglio ricevere il perdono di Dio.
> È urgente!

22

Una liberazione a caro prezzo

Già da diverse settimane, Georges Garnuchot, il sindaco del comune, ha moltiplicato gli studi tecnici per condurre a termine la liberazione del murato vivo, che deve aver luogo tassativamente in un giorno e che è già stata troppo ritardata. Il problema è complesso. Tutti gli esperti sostengono che, indipendentemente dal punto dal quale si darà inizio al lavoro, la baracca minaccia di crollare in testa a Beniamino come un covone di paglia. Ciononostante il sindaco ha finito col decidere di passare all'azione.

Il giorno stabilito per la demolizione del capanno, verso le undici del mattino, le squadre tecniche del comune, affiancate da un'impresa venuta appositamente dalla capitale, effettuano diversi rilevamenti per aprire una breccia lì dove pare che si possa rompere più facilmente la struttura e dove l'uso della forza sarà dunque più limitato. Dentro, Beniamino recita i salmi con una voce alta e chiara. Il giardino della canonica e la via degli Oubliés sono stati occupati dalle squadre di sicurezza civile del comune, dai pompieri, dalla gendarmeria e dal personale dalla Pubblica Assistenza. Nel frattempo, in chiesa, la folla prega perché l'operazione riesca.

Ma, già al primo colpo di piccone, si sente uno schianto assordante. La baracca crolla tutta d'un colpo, in una nuvola acre e vorticosa. C'è un silenzio da fine del mondo. I pompieri intervengono subito per liberare, pezzo per pezzo, il cumulo di macerie, anche con l'aiuto di qualche imprecazione. Dopo cinque minuti, sotto una nuvola di polvere, viene estratto il corpo del recluso. Difficile distinguere la camicia scura dal colletto romano bianchissimo: Beniamino assomiglia a un becchino sulla cui faccia sia scoppiata una scatola di talco... È morto? No, risponde il medico dell'ambulanza, mentre gli sente il polso: ma bisogna trasportarlo immediatamente a Parigi, dove équipe di medici di alto livello potranno tentare di salvarlo.

23

Uno strano risveglio

Quando finalmente Beniamino si risveglia dal coma, una settimana dopo, sgrana gli occhi allorché vede le facce radiose di Brigitte Charbonnier e di Guillemette de la Fausse Repose, entrambe lì insieme, al suo capezzale, una a destra e l'altra a sinistra del letto.

«No, signor curato, non sta sognando», esordisce Brigitte.

«Che bello vederla!», si accoda Guillemette.

«Signore mie, non avevate mica pensato che mi sarei davvero privato delle vostre baruffe in cambio di una corona di fiori?».

«Be', abbiamo comunque avuto molta paura di dover portare i nostri fiori sulla sua tomba, questa volta...», ribatte prontamente Guillemette.

Quando sente risonare nella camera una voce d'uomo, la caposala Austreberthe Radigois si precipita. La sua folta capigliatura bionda assomiglia a una meringata, e le dà un'aria da signora Thatcher: «Cosaaa, il parroco si è svegliato? Ma è un miraaacolo!».

Di miracolo, di fatto, lì uno c'è davvero. Pare che Beniamino sia perfettamente lucido. Ora, Austreberthe Radigois, proprio come il suo direttore, Fabrice Gayette, illustre professore della facoltà di medicina, avevano a lungo temuto che il parroco fosse ridotto alla stregua di una zucchina bollita. La notizia meno buona è che gli arti inferiori di Beniamino sono rimasti comunque severamente colpiti e che ci sono serie probabilità che resti menomato. Intanto, però, è vivo!

Alcune settimane dopo, Beniamino lascia finalmente l'ospedale per un centro di talassoterapia posto sulla riva del mare, a Granville. Tra il momento del risveglio e la partenza, una processione ininterrotta di visite ha costellato le sue giornate. Fra le più importanti, quella di padre Maurice. Anche lui appena uscito dall'ospedale, dopo l'infarto. A sua volta, l'aveva scampata per un pelo. I due si baciano affettuosamente, come fratelli che la vita fa reincontrare dopo secoli di separazione.

24

Esiliato tra i vecchi

«Dici sul serio? Vuoi mandarmi alla Casa di riposo San Giuseppe? Coi vecchi? Mi vuoi sistemare davvero in quella topaia? Stai scherzando, spero!». Gli occhi di Beniamino sono furibondi, mentre le labbra tremano per l'indignazione e la collera.

Davanti a lui, Jean Philippe Vignon passa e ripassa l'indice sinistro nel suo colletto romano, quasi per allargarlo. Un gesto tipico di quando è imbarazzato per una situazione che non riesce a gestire. La reazione di Beniamino non lo sorprende. Ma non si può ritornare su una decisione che lui considera inevitabile.

«Lo so, Beniamino, hai appena festeggiato i tuoi cinquantun anni. Perciò non è che ti chiedo a cuor leggero di unirti ai preti più anziani della diocesi, la cui età media è ottantotto... So anche che ti sei battuto come un leone per non cadere nella disperazione, quando ti hanno detto che non avresti più recuperato l'uso delle gambe. Ti ammiro. Ma lo sai anche tu: alla Casa San Giuseppe c'è tutto quel che serve per curarti al meglio, c'è personale esperto...». Il vescovo si ferma, e poi riprende più lentamente, con voce velata dall'emozione: «A essere sincero fino in fondo, ti dirò che il mio pensiero più grave è che non so dove mandarti... Non penso tu possa ritornare a fare il parroco in una parrocchia. Dobbiamo inventarci qualcosa di nuovo. Essere creativi... Ci vuol tempo per questo, non credi?».

Beniamino si rannicchia su se stesso, triste come una carpa giapponese, lui che due minuti prima somigliava a un dragone cinese lanciafiamme. Tutto quello che il vescovo gli ha appena detto, è ben certo... Finirà i suoi giorni su una sedia a rotelle, lo sa. E la graduale presa di coscienza di questa realtà, che inizialmente lo aveva fatto piombare in un vero e proprio avvilimento, ora comporta comunque una rivoluzione per il suo avvenire. Beniamino rimpiange l'uso delle gambe, il piacere di muoversi, saltare, correre, passeggiare; rimpiange l'incantevole libertà di andare e venire. Scopre, giorno dopo giorno, una dipendenza che lo umilia, specialmente per quanto riguarda i bisogni fisiologici. Per lui, l'orizzonte è limpido quanto un mese di nebbia in Scozia. Beniamino lotta contro la tristezza, non solo pensando al passato perduto, ma anche all'avvenire rovinato per sempre. Ma in fondo, già in quella sua baracca, egli si era convinto di non essere adatto per fare il parroco – vale a dire di non essere in grado di comandare una nave; e la sua fuga era stata, in fondo, nient'altro che un modo di gridare al mondo che lui era prima di tutto un prete, un curatore d'anime, non un gestore di cose...

Mentre lasciava l'ospedale, Austreberthe Radigois gli aveva bisbigliato a un orecchio: «Signor curato, siamo fatti dello stesso legno! Lei è come me, lei vuole curare le persone. Mentre a noi – a noi "capi" – chiedono sempre di più di occuparci dell'amministrazione, di compilare caselle sul computer, di preparare protocolli... Uffa... che noia! Per fortuna io sono alla fine della carriera. E dopo, dal primo giorno del mio pensionamento, a dispetto dei miei modi da gran dama, le giuro che mi occuperò dei barboni o andrò a pulire i vecchietti all'ospizio!».

Profondamente commosso dal silenzio del suo prete, Jean Philippe aggiunge: «Ti assicuro, non ti lascerò perdere. Quando ti sarai rimesso in sesto, ti prometto che troverò qualche cosa di buono. Non ti dimenticherò». Ma, mentre si lasciano, entrambi continuano a masticare la stessa domanda: si può davvero fare ancora il prete, quando non si hanno più le gambe?

25

La forza nella debolezza

«E tre di cuori!».

Beniamino non ce la fa più. È almeno la decima partita a briscola della giornata.

Vero è che è meglio giocare a carte piuttosto che star sdraiato davanti alla televisione. Ma comunque...!

Nelle case di riposo dove andava a visitare gli anziani, quando era parroco, c'erano un'infinità di attività interessanti. Il gioco per la memoria al lunedì, la pittura al martedì, la ginnastica al mercoledì, il laboratorio di scrittura al giovedì, il coro al venerdì. Ma qui, nella Casa San Giuseppe, l'unica animazione è... la messa: tutti i giorni, alle dieci e mezzo. La concelebra seduto, vicino ai suoi compagni di sventura. E gli fa davvero strano.

Dall'alto dei suoi settantacinque anni, suor Maria-Eulalia vigila, mano d'acciaio in un guanto di teflon, sul destino della Casa San Giuseppe e dei suoi quarantotto pensionanti. Nella sua lunga carriera di infermiera, questa religiosa dell'ordine delle Oblate della Santa Spina ha diretto una sfilza di dispensari nel mondo intero. Tutti i residenti la venerano e, con santa deferenza, i preti tra loro la chiamano «capessa». Allorché qualcuno dei suoi pensionanti è recalcitrante – come il pudore sacerdotale impone –, quando si tratta di mettere in mostra il proprio deretano per una inevitabile puntura, lei esclama, quasi fosse una novella Sarah Bernhardt[7]: «Reverendo, stia tranquillo: ho visto il didietro di tutto quanto il mondo. È fuori dubbio che il suo assomiglia a quello di nostro Signore. Solo che lui l'aveva più rotondetto, dato che era giovane...». E naturalmente nessuno sospetta minimamente che la pia suor Maria-Eulalia abbia avuto la rivelazione di questo aspetto dell'incarnazione di Cristo in una visione mistica...

Il decano dei residenti, padre Hubert Bivort, ha centoundici anni. È stato ordinato nel 1936, alcune settimane dopo la salita al potere del Fronte popolare. Celebrare la prima messa sotto Léon Blum[8], ci vuole fegato... Ha fatto la resistenza durante la Seconda guerra, ed è stato poi deportato in un campo di sterminio.

Ha tutto il «sopra», ma non ha più il «sotto». Poco dopo i cento anni gli si sono dovute amputare le gambe, corrose dalla cancrena: «Almeno, non rischio di andare a caccia di ragazze!».

Beniamino, ogni giorno, pranza con un anziano sacerdote che ha conosciuto molto tempo prima, quando era molto giovane: padre Guy Thon, alias Pollicino. Quest'uomo ha perso, da bambino, l'uso del pollice destro, in un

[7] Grande attrice francese, morta nel 1923 (*NdE*).

[8] Politico francese, comunista e sionista, morto nel 1950 (*NdE*).

incidente con la bicicletta. «Ho il pollice circonciso. Ma non è questo che mi ha impedito di dare l'assoluzione migliaia di volte... Forse Dio voleva semplicemente evitarmi di passare il tempo a strimpellare il piano».

E poi c'è padre Sulpice Bougon. È diventato cieco una ventina d'anni fa, quando ne aveva appena sessantotto. È persona dolcissima e sempre contenta. Un giorno piovoso, con il morale completamente a terra, Beniamino aveva chiesto a padre Sulpice quale fosse il segreto del suo buon umore. «Oh, Beniamino, sai, non è stato facile ricominciare a sorridere. Ho perso la vista in seguito a un errore del chirurgo. Sono andato in depressione per quasi tre anni. Non lo accettavo. Poi il Signore mi ha fatto una grazia immensa. Ho ritrovato la gioia il giorno in cui mi sono reso conto che dipendevo da tutti. Può sembrare assurdo quello che dico, ma il dover dipendere completamente dagli uomini fa sì che ci abbandoniamo davvero anche all'amore di Dio... Questo comporta, tuttavia, mettere a tacere la propria voglia di potere». Il padre Sulpice ha continuato, malizioso: «E poi, vedi, il non vederci mi ha costretto a sviluppare l'udito, che ormai è molto fine. Questo mi permette di cogliere nella voce delle persone che incontro il loro stato d'animo. Per esempio, Beniamino, sento quando tu sei teso, inquieto, o più sorridente... A volte, avverto lo stato d'animo delle persone prima ancora che parlino, semplicemente da come riprendono fiato quando sono in procinto di proferire verbo. Stamattina mi sono accorto della tua tristezza prima ancora che tu me ne parlassi...».

26

Un focolare di misericordia

Jean Philippe non riesce ancora a riprendersi da questa giornata inverosimile, unica nel suo genere, anche andando a scorrere tutti i suoi annali da vescovo. Alle undici del mattino è venuto alla Casa San Giuseppe a presiedere le esequie di suor Maria-Eulalia. Se n'è andata improvvisamente, lei, per un attacco cerebrale. O almeno, così hanno detto i medici. Tutti i sacerdoti anziani, durante la messa, erano ancora sotto choc. Volevano molto bene, un bene sincero, alla loro *capessa*. Chi guiderà, d'ora in poi, la loro vita quotidiana?

Da giorni, quell'ultima domanda ronza nella testa di monsignor Vignon, come una mosca intrappolata sotto un bicchiere. Il vescovo non vede a chi potrebbe affidare la missione, tutt'altro che divertente, di accompagnare alla loro ultima dimora questi bravi sacerdoti, le cui facoltà motorie e intellettuali si vanno spegnendo come ceri davanti alla statua di sant'Antonio di Padova, nella cattedrale. Lentamente, ma inesorabilmente.

Dopo la messa, mentre la famiglia di suor Maria-Eulalia si intrattiene per un brindisi in amicizia con qualche residente che non è ancora salito in camera, per alleviare la propria afflizione, Beniamino ferma il suo vescovo prima che questi riparta per gli altri impegni che sempre perseguitano le persone mitrate.

«Jean Philippe, scusami se ti trattengo. Quattro mesi fa, quando mi hai chiesto di venire a stabilirmi qui, ero terrorizzato. Ma, col passare dei giorni, ho imparato ad accettare meglio la mia invalidità, stando vicino a questi amici preti. Sono riuscito a scoprire tesori di vita e di santità dietro questi corpi in apparenza malandati, consumati e deformi... A poco a poco, proprio loro mi hanno consentito di accettare quello che consideravo come inaccettabile: la mia perdita di autonomia, l'umiliazione di essere menomato... Quando suor Maria-Eulalia è partita per il cielo, qualcosa in me ha fatto tac. Ero affezionato a questa donna straordinaria. Ho colloquiato molto con lei in tutti questi mesi in cui ho reimparato a vivere, qui. Mi sembra di aver ricevuto una specie di chiamata: ma devo essere sottomesso a te, in quanto vescovo. Ti chiedo quindi l'onore e il favore di prendere il suo posto, a capo della Casa San Giuseppe».

Jean Philippe Vignon ha avuto un soprassalto, come fosse stato folgorato da una scossa. Beniamino continua galvanizzato, con entusiasmo: «La maggior parte dei miei fratelli preti che vivono qui hanno l'impressione di non servire più a niente. Manca loro il ministero. E la Chiesa fa come se non avessero più orecchi per ascoltare, o la mano destra per assolvere. Ora, io sono convinto che i preti anziani che sono qui possono ancora rendere un grande servizio alla Chiesa, soprattutto attraverso la confessione. Ti ricordi delle centinaia di persone che sono arrivate per parlare con me, quando ero nella mia baracca? Era attraverso un buco nel muro! E venivano in ginocchio! Mi dirai che il battage mediatico attorno alla mia sparizione l'ha fatta da padrona. Non c'è dubbio. Ma io credo che la gente sia sempre di più alla ricerca di quell'amore per Cristo di cui noi siamo gli intermediari. La Casa San Giuseppe si trova in centro città e non è molto lontana dalla stazione. C'è gente che passa. Sono convinto che questa casa di riposo possa diventare un focolare straripante della misericordia del Signore per l'umanità. E tu che sei il mio vescovo puoi aiutarmi a realizzare il progetto».

27

Epilogo, alcuni mesi più tardi

«Buongiorno, sono Jennifer Duploux! Scusi il disturbo».

Vedendo comparire un numero sconosciuto, Beniamino non si aspettava di trovare all'altra linea l'affascinante persona che era stata tanto brava a cavargli le parole di bocca quando si trovava recluso. Aveva saputo in seguito che quella intervista era servita a dare una bella accelerata alla carriera della giornalista, entrata a far parte della redazione di un grande quotidiano parigino.

«Chiamo perché sto conducendo un'inchiesta sui cambiamenti della Chiesa cattolica nel nostro Paese. Ho letto il suo libro con molto interesse. Sarebbe disposto a darmi qualche notizia in più?».

Beniamino ha appena pubblicato un opuscolo dove fa il punto sulla sua esperienza, due anni dopo la grande crisi personale. Confida quello che ha vissuto fra i muri del suo romitaggio, la conversione del suo stesso orgoglio e il superamento di quella sua gelosia che gli veniva da una paura morbosa di non trovare apprezzamento da parte dell'istituzione. Racconta anche come è uscito da una profonda depressione, a contatto soprattutto con altri preti disabili e debilitati, la cui amicizia lo ha aiutato ad accettare il suo handicap. Spiega come l'*aura* mediatica gli abbia poi permesso di attirare decine di persone in cerca di una guarigione interiore, presso i veterani del sacerdozio. Quello che Beniamino non dice nel suo libro, però, è che è riuscito a far venire al San Giuseppe il suo vecchio direttore spirituale, padre Maurice. Quest'ultimo, a differenza di lui, nonostante l'infarto, non ha bisogno di una sedia a rotelle per muoversi.

«D'accordo, signorina Duploux. La ascolto», concorda Beniamino.

La giornalista tira fuori subito la sua lista di domande.

«Che bilancio fa di quest'anno come direttore della Casa San Giuseppe?».

«I miei compagni, come me, sono disabili, in diversi modi; ma ce la fanno ancora a mettersi a servizio di quelli che hanno bisogno di essere ascoltati in tutta riservatezza, e che portano ferite che lei non può nemmeno immaginare... Danno loro il perdono di Dio e la consolazione del cuore. In cambio, quelli che vengono a confessarsi – o solo a confidarsi – ricordano agli anziani sacerdoti che servono ancora, che sono un valore per l'umanità. Da un punto di vista teologico, ciò va anche oltre: grazie al perdono che danno nel nome di Gesù, i preti che vivono qui non possono mai dimenticare di essere preti, fino all'ultimo respiro. Il loro spessore teologico o metafisico-esistenziale trova una conferma».

«Il loro "spessore teologico o metafisico-esistenziale"... Quello che dice è comprensibile come una formula matematica... Insomma, le darebbe fastidio parlare in un francese accettabile anche per i miei lettori?».

«Va bene, cercherò di fare un piccolo sforzo. Con questa formula, intendo l'identità fondamentale di una persona agli occhi di Dio, il suo "peso" dal punto di vista dell'altro mondo, dell'eternità...».

«Così ci risiamo... In parole simili io non trovo nulla sul rapporto con i suoi anziani compagni preti, né su di lei...».

«Due anni fa mi sono murato perché sentivo il bisogno di radicarmi di nuovo in ciò che ero veramente, come peraltro le ho spiegato allora. Avevo l'impressione di essere diventato un funzionario. Volevo essere "rifondato" come prete dai cattolici della mia parrocchia, ma anche da chiunque mi incontrasse. È ciò che è successo dietro quel muro, quando la gente è venuta da me. Mi sono riappropriato della mia identità di fondo, per usare un'espressione erudita. Ed è tutto ciò che continua qui. Sono un disabile ma, soprattutto quando do il perdono di Dio, so che continuo ad avere un valore, indipendentemente dalla mia "non-performance" fisica. E ciò, a motivo della mia natura profonda. Questo vale anche per i miei compagni anziani: potrebbero avere l'impressione di essere diventati inutili, ma si accorgono di avere un valore incalcolabile, poiché accettano semplicemente di essere preti fino alla fine».

«Se ho capito bene, l'essenza del prete ha un posto centrale per voi. Ma se si tratta di sostenere i preti nella loro identità, non si cade ancora in una forma di autocontemplazione clericale? E degli altri, di quelli che non sono preti, cosa ne fa?».

«Questa riappropriazione della nostra identità profonda è necessaria per tutti, e soprattutto per quelli che non sono né sacerdoti né diaconi... Bisogna che i laici si riappropprino della loro identità davanti a Dio e davanti agli altri, dal punto di vista teologico. Ciò avviene mediante una presa di coscienza di quello che essi sono in forza del loro battesimo. Ecco la vera rivoluzione di cui la Chiesa ha bisogno, la riforma basilare. Ciò vale per tutti i cristiani: cattolici, protestanti e ortodossi... E va molto al di là degli sconvolgimenti, inevitabili, di cui tutti si riempiono la bocca. Che certi preti abbiano spostato la loro canonica in un camper, che si buttino col paracadute per raccogliere fondi, o che ne so ancora, va senz'altro benissimo... Queste iniziative sono valide, ma la cosa essenziale è che i battezzati riscoprano il potere enorme che Cristo conferisce loro in forza del battesimo».

«Ah sì! Un potere... enorme?».

«Sì! Si parla del potere che il prete riceve quando viene ordinato: il potere di perdonare i peccati e di cambiare il pane nel corpo di Cristo, e il vino nel suo sangue. Ma ci si dimentica spesso di parlare del potere che si riceve nel battesimo. Il battezzato sottovaluta o trascura l'autorità che Cristo gli conferisce per guarire, per proclamare il Regno di Dio, per scacciare gli spiriti cattivi, per risuscitare i morti».

«Scacciare i demoni e risuscitare i morti... Don Beniamino, sta parlando sul serio?».

«Sì, proprio così. Ma intendiamoci bene. Per i battezzati non si tratta di fare gli esorcisti o i guaritori onnipotenti, né di sostituirsi a Gesù. Si tratta di lasciare che il Cristo agisca per mezzo di loro, soprattutto tramite la loro debolezza. Questo richiede, nello stesso tempo, una grande umiltà e un vero coraggio: il coraggio della fiducia in Colui che può fare tutto in noi, anche se non sempre lo vediamo, anche se noi non ci sentiamo sempre capaci di questo. Il problema dei cristiani è che non credono abbastanza di avere in sé l'autorità del Padre, conferita loro dal Figlio e dallo Spirito santo. Spesso, anzi, non ci credono affatto... Le assicuro che, se fosse così, farebbero più miracoli di quanti pensano».

Al termine della chiamata, la giornalista ha un senso di vertigine. Don Bucquoy non ha soltanto idee ben radicate, ma anche una forza in apparenza inscalfibile.

Da parte sua, Beniamino ha appena riattaccato quando il telefono squilla di nuovo. «Diamine... Ancora uno di quelli che vogliono piazzare pannelli fotovoltaici o una cucina ultramoderna in casa... Lasciamo sgobbare la segreteria telefonica!» borbotta. Ma un istante dopo ci ripensa e, dall'altra parte del telefono, risponde un forte accento italiano: «Buongiorno, sono monsignor Albertini...».

Beniamino risponde di getto: «E io sono la regina d'Inghilterra! Grazie, Jean Philippe, sei davvero forte... La tua bravura nell'imitare non ha limiti! Qual buon vento ti porta?».

Silenzio dall'altra parte. Poi la voce riprende con un tono un po' seccato: «No, non è uno scherzo. È il nunzio apostolico che la chiama. E per una cosa molto seria».

Inferno e dannazione! È proprio lui!

Beniamino avrebbe dovuto riconoscere la sua voce, avendolo incontrato, per caso, sei mesi prima, in un pellegrinaggio della Casa San Giuseppe a Lourdes.

Monsignor Albertini si schiarisce la voce, e riprende con tono solenne: «Il Santo Padre ha deciso di nominarla vescovo di N... Pensa che lei sia la persona adatta per questa diocesi rurale, stremata demograficamente ed economicamente, con grossi problemi finanziari, pochissimi preti in attività e laici molto anziani, con poche energie. Per essere sincero fino in fondo, c'è anche un vecchio caso di abuso sessuale da gestire... Le confesso che il suo libro ha colpito molto il Papa. Ha affermato sul suo conto: "Quest'uomo ha una visione; diamogli gli strumenti per attuarla". Sarà un eccellente vescovo, se è vero che riesce a ridare slancio a preti di più di ottant'anni. Lì sono particolarmente numerosi...».

Il sudore imperla la fronte di Beniamino; in petto il sangue pulsa a tutta velocità; la bile gli scombussola le viscere. A stento riesce a farfugliare due o tre gorgoglii incomprensibili.

«Le lascio quarantotto ore per darmi una risposta», prosegue il nunzio. «Se non si sente all'altezza, ricordi che è un buon segno. Tutti i profeti si sono spaventati davanti alla chiamata di Dio. Uno ha detto che non aveva esperienza, l'altro ha messo in campo la sua balbuzie.

Avete tutti una buona scusa... Lei, per esempio, sono certo che mi dirà che non ha più le gambe. È vero che non è una cosa da poco. Ma non è un motivo sufficiente per rifiutare. Nel suo libro si dilunga nel dimostrare come l'audacia evangelizzatrice della Chiesa possa coesistere con la sua vulnerabilità, con le sue ferite... È molto convincente. Non abbiamo bisogno di vescovi con fisici da superuomini; abbiamo bisogno di vescovi che abbiano fede e quella che il Santo Padre chiama una "visione", senza dimenticare coraggio e umiltà a tutta prova. Credo che sia il suo caso. Stia sereno, la Chiesa ha fiducia in lei, anche se conosce i suoi sbagli e le sue debolezze. A ogni modo, sono certo che non fuggirà davanti alle responsabilità, visto che è già scappato quando era parroco, e che le è servito da lezione, se ho ben capito... Dunque, abbia fiducia, andrà tutto liscio. La richiamo dopodomani. Nel frattempo, acqua in bocca. Tranne, naturalmente, con il suo confessore».

Il nunzio ha riattaccato. Steso dall'uppercut papale, Beniamino non ha neppure salutato. Son cose che capitano, soprattutto con monsignor Albertini.

Vescovo... C'è un lavoro più difficile? Beniamino ha l'impressione di trovarsi solo, su una funivia in panne, sospeso sopra un ghiacciaio alpino. Ai tempi in cui si sentiva forte, si rammaricava di non essere considerato abbastanza dall'istituzione. Adesso che gli mancano alcune facoltà fisiche, la Chiesa gli chiede di essere uno di quelli che hanno in mano il timone, che devono risolvere le controversie più intricate, che rischiano i processi più ingiusti, che sperimentano le solitudini più aspre; ma uno di coloro ai quali non possono mancare le grazie che Cristo ha promesso ai suoi apostoli. Ovviamente, se si ha fede.

Gli si chiede di mettere in pratica la sua «visione»: è questa la cosa più sbalorditiva.

Certo, bisogna riconoscere che ha scritto pagine traboccanti di idee forti, soprattutto sulla missione evangelizzatrice nella quale la potenza di Dio si dispiega attraverso la debolezza dei battezzati, ma era per gli altri... Per i vescovi, appunto: testino queste idee sul campo, si sporchino l'anello episcopale nel grasso delle macchine.

Beniamino si ritrova quasi subito nella camera di padre Maurice e svuota il sacco. Il suo padre spirituale scoppia a ridere: «Non ti pare che il buon Dio abbia il senso dell'humour, Beniamino? Gli piace prendere i profeti in parola, mettere i visionari con le spalle al muro, sloggiare i santi dalle loro nicchie. Essere vescovo: che galera meravigliosa! Spero proprio che mi porterai via con te, nelle tue valigie. Ci conto!».

Indice

Stampa: Elcograf SpA - Cles (TN)